AF219288

Engel unter Mordverdacht

CNS
CRIME

IMPRESSUM:

1. Auflage, 2023

© C. N. Stance alle Rechte vorbehalten.

ISBN: 9783754638675

Constanze Scheib

www.constanzescheib.at/c-n-stance/

c/o Agentur Kossack GbR (Hamburg)

Cäcilienstraße 14

22301 Hamburg

Deutschland

Lektorat: Veronika Weiss /weiss texte

https://www.weisstexte.de/

Coverdesign: C. N. Stance

Coverbild: bobmadbob/iStock

Satz: Affinity Publisher

in Linux Libertine O; Evil Empire

Herstellung und Druck über tolino media GmbH & Co. KG, Albrechtstr. 14, 80636 München. Printed in Germany. Fragen zu Produktsicherheit an: gpsr@tolino.media.

Engel unter Mordverdacht

Ein Fall für Quin Angel

C. N. Stance

KAPITEL 1

Engel bekamen keinen Kater. Und dennoch hatte ich das Gefühl, dass sich im Inneren meines Kopfes ein Presslufthammer austobte. Ich rollte auf die Seite und kotzte blauen Schleim neben das Bett. Drei Flaschen Scotch waren offensichtlich zu viel. Ich notierte das auf meinem gedanklichen Merkzettel darüber, was mein Engelskörper auf der Erde mitmachte und was nicht. Die Zigaretten hatten vermutlich ihr Übriges getan.

Ich fuhr mir übers Gesicht und tastete meinen Körper ab. Feucht und klebrig – alles wie immer nach so einer Nacht. Ich hatte gestern so einiges gegessen und getrunken, und in Ermangelung eines menschlichen Verdauungssystems schwitzten Engel das Aufgenommene wieder aus. Außer es ist zu viel. Es fühlte sich noch nicht wieder richtig an. Eine leise Stimme im hintersten Teil meines Bewusstseins rief mir etwas zu, doch mein Kopf brummte viel zu laut, als dass ich es verstehen konnte.

»Rick?« Mein Hals schmerzte, das Innere meines Mundes kam mir wie Baumwolle vor. »Oh, verdammt, letzte Nacht hab ich's übertrieben.«

Ich tastete neben mich, auf der Suche nach Ricks nacktem Körper. Ich fand ein Bein und drückte es. Das Fleisch fühlte sich eigenartig an. Nicht nur, dass es ebenfalls klebrig und feucht war. Es hatte eine eigenartige ... Spannkraft, das war das Wort. Die kleine Stimme in meinem Schädel begann zu brüllen, doch den Sinn verstand ich noch immer nicht. Ich wandte mich Rick zu.

Das Zimmer lag im Halbdunkel. Die Jalousien waren heruntergelassen, der zerschlissene Vorhang war zugezogen. Wir mochten Privatsphäre, wenn wir übereinander herfielen. In den engen Häuserschluchten Chicagos konnte man die grauen Haare auf dem Sack des Nachbarn zählen, wenn man nur einen Blick aus dem Fenster warf. Ich hatte keine Ahnung, wie spät es war, aber die Sonne war längst aufgegangen. Ihr Licht kämpfte sich durch die Schlitze und Löcher und tauchte das Zimmer in einen mattgrauen Schein.

Ich hätte mir gerne eingeredet, dass Rick friedlich wirkte. So in der Art: Die Bürde des irdischen Daseins war von ihm abgefallen, und in seiner Miene spiegelte sich die Vorfreude auf die himmlischen Sphären.

Ganz unter uns: Menschen, die gewaltsam ums Leben kamen, sahen selten so aus.

Sein Gesicht war verzerrt, die Augen aufgerissen. Sie starrten mich anklagend an. Bräunliche Flecken waren auf Kinn und Wange verteilt, als ob ein Kleinkind beim Spaghetti-Essen Amok gelaufen wäre. Langsam richtete ich mich auf. Jede Bewegung schickte tausend Nadelstiche durch meine Gelenke, doch das bemerkte ich nur am Rande. In Ricks Brust klafften drei Krater, innen dunkel, außen hell. Alles war mit Blut verschmiert, sein Körper, das Bett. Auf seinem Schwanz lag etwas Dunkles, Unförmiges. Wackelig kniete ich mich neben ihn, um es besser erkennen zu können. Es war das Kissen von Ricks Couch; das Futter quoll heraus wie Eingeweide. Ich rieb meine nackten Oberschenkel, spürte die Feuchtigkeit, hielt inne und führte die Hände vors Gesicht. Das war kein Schweiß. Es war Blut, das an mir klebte.

Aus der Ferne hörte ich Sirenen. Nichts Ungewöhnliches in Chicago. Doch eine Gewissheit kämpfte sich aus den Tiefen meines rumorenden Körpers hervor: Die Bullen waren wegen Rick auf dem Weg. Ich starrte erneut auf meine Hände. In diesem Licht schien alles graubraun.

Ich könnte hier warten und den Cops erklären, was passiert war. Rick war im Schlaf erschossen worden. Ich zu besoffen, um was mitzukriegen.

Äußerst plausibel.

Ich befand mich seit langer Zeit auf der Erde, erst seit ein paar Monaten im Amerika der 1930er. Aber so weit wusste ich Bescheid: Den Gesetzeshütern hier gefielen schnell gelöste Fälle. Wozu nach weiteren Verdächtigen suchen, wenn ich mich ihnen nackt, blutüberströmt und ohne Alibi präsentierte?

Ohne den Blick von Rick zu lösen, bewegte ich mich rückwärts vom Bett hinunter und schaltete die Nachttischlampe ein. Das Licht verlieh der Szene etwas grausam Realistisches. Ein kurzes Gebet floss über meine Lippen. Seine Seele hatte längst den Körper verlassen, doch vielleicht halfen ihr meine Worte, sich in ihrem neuen Zuhause einzuleben. Wo auch immer das sein mochte.

Ich konnte nicht mehr hinsehen. Meine Kleidung war auf dem Boden verteilt, ich klemmte mir alles unter den Arm. Schuhe, Socken, die weite Hose mit der scharfen Bügelfalte; mein Unterhemd war nirgends zu sehen, aber es würde auch ohne gehen. Das Hemd, das Rick mir am Vorabend vom Leib gerissen hatte. Erst vor Kurzem hatte ich seine Zunge auf meiner Brust gespürt – wie konnte er plötzlich nicht mehr existieren? Ich stolperte zum Ausgang, bremste jedoch ab, als ich an der offenen Badezimmertür vorbeikam. Mein Spiegelbild war nicht unbedingt schmeichelhaft. Wenn ich blutüberströmt auf die Straße ging, würde ich eingebuchtet werden, bevor ich »Capone hat immer seine Steuern gezahlt« rufen konnte. Ich ließ meine Kleidung auf die Fliesen fallen und schrubbte mir hektisch Hände, Arme, Hals und Gesicht. Um die Beine würde ich mich später kümmern, die steckten sowieso gleich in den Hosen.

Die Sirenen wurden lauter. Und verstummten.

Ich warf das benutzte Handtuch in eine Ecke und zog mich rasch an. Weiter unten knallten Türen. Ich ergriff Hut und Sakko. Mit offenem Hemd schlüpfte ich aus der Wohnung.

Ich trabte eine Etage nach unten, verlangsamte aber meinen Schritt, als ich die Bullen hochstürmen hörte. Eine Frau Mitte 40, mit Lockenwicklern in den Haaren und einer Zigarette im Mundwinkel, steckte den Kopf aus einer Wohnung. Ich lehnte mich mit der Schulter an ihren Türstock und lächelte sie strahlend an. Die Zigarette fiel ihr beinahe hinunter, als sie es erwiderte, und ihre teigigen Wangen bekamen Farbe.

»Verzeihen Sie, Ma'am, ich weiß, die Frage ist äußerst frech, aber ...«

Sie beugte sich vor und hob die gezupften Augenbrauen.

»Hätten Sie vielleicht eine Zigarette für mich? Ich muss meine liegen gelassen haben und weiß beim besten Willen nicht mehr, wo.«

Das Stampfen der schweren Polizeistiefel war nur noch ein Stockwerk entfernt.

Die Frau kicherte und holte ein Päckchen aus der Schürzentasche. Drei Bullen mit roten Gesichtern und pfeifendem Atem stürmten vorbei, als die Frau mir Feuer gab.

»Wissen Sie, was da los ist?« Ihre Stimme war hoch und klang verwaschen, als ob sie sich zum Frühstück schon einen genehmigt hätte.

»Keine Ahnung, Ma'am. Vermutlich was mit Drogen.«

Zwei Männer in Anzügen und dunklen Mänteln stiegen gemächlich die Treppe hinauf. An der Art, wie sie gingen, wie sie dreinblickten, wie sie ihre Schultern hielten, erkannte ich, dass es Cops waren. Auch ohne Uniform. Ein Tutu machte aus einer Hyäne auch keine Ballerina. Ich drehte ihnen den Rücken zu und lachte über eine herablassende Bemerkung der Frau. Als die Männer außer Sichtweite waren, löste ich mich vom Türstock und verabschiedete mich mit einem Tippen an den Hut.

»Hey, wollen Sie nicht noch auf einen Sprung reinkommen? Auf einen kleinen Drink?«

Sie musterte mich von oben bis unten, stützte die Hand in ihre Hüfte und schob ihren Brustkorb vor. Erst jetzt fiel mir auf, dass mein Hemd noch offen war. Glücklicherweise waren die Stellen, wo ein Mensch normalerweise seine Brustwarzen hatte, verdeckt.

Für einen Moment erwog ich ihr Angebot. Etwas Zuneigung nach dem Schock könnte mir guttun. Eine Aufmunterung wäre es sicher. Ihrem Atem nach zu urteilen, besaß sie die Art Fusel, die die Erinnerung an Ricks Leiche aus meinem Bewusstsein ätzen konnte. Wenigstens für kurze Zeit. Dennoch schüttelte ich bedauernd den Kopf. Mein Überlebensinstinkt, der mich bisher auf der Erde gerettet hatte, brüllte mir zu: »Quin, such das Weite!« Mit der Zigarette im Mundwinkel knöpfte ich das Hemd zu.

»Ich würde nur zu gern, Ma'am. Aber auf mich warten dringende Geschäfte!«

Ich winkte zum Abschied und musste mich ermahnen, die restlichen Stockwerke nicht hinunterzurennen.

KAPITEL 2

Der Asphalt war schon von der strahlenden Sonne aufgeheizt, dennoch zog ich mein Sakko enger um den Körper. Mein Blick blieb nach unten gerichtet, während ich den Polizeiwagen passierte. Zwei Blocks später bog ich um die Ecke, schnippte die Zigarette in den Rinnstein und lehnte mich an eine Hauswand.

»Scheiße.«

Ich presste die Lider zu. Das grelle Sonnenlicht verstärkte meine hämmernden Kopfschmerzen, doch in der Dunkelheit sah ich Ricks blutigen Körper. »Scheiße, Scheiße, gottverdammt verfluchte Scheiße!«

Es krachte, und etwas rieselte auf meine Schulter. Die Laterne über mir war zersprungen. Engel sollten nicht fluchen. Lampen, Glühbirnen und Ähnliches neigten dann zur Explosion. Ich weiß nicht, ob Gott sich das extra ausgedacht hatte oder es bei der Schöpfung unabsichtlich passiert war. Ein ganzer Haufen ungeplanter Sachen war bei der Entstehung der Welt geschehen, aber es war besser, wenn die Menschen davon keine Ahnung hatten.

Eine Mutter zog ihren Sohn vorbei und warf mir böse Blicke zu. Der Kleine schob seine Schirmmütze nach hinten und zwinkerte mir zu. Ich wischte die Glassplitter mit zitternden Fingern vom Sakko. Mir fiel mein Unterhemd ein, das noch im Appartement liegen musste. Und sicher gab es noch einiges mehr, das am Schauplatz des Verbrechens auf mich deutete. Halb Chicago wusste ohnehin, dass Rick und ich uns gerne eine schöne Zeit zusammen machten. Wir hatten nie ein Geheimnis daraus gemacht. Es würde nicht lange dauern, bis ein Schlagstock an die Tür meiner Bude in Pilsen ballerte.

Ein Cop flanierte an mir vorbei. Die Uniform platzte aus allen Nähten, seine Nase war breit und rot, wie eine pockennarbige Tomate. Er taxierte mich, verlangsamte aber nicht seinen Schritt. Gleich würde er um die Ecke biegen und das Polizeiaufgebot sehen. Das Pflaster hier wurde mir zu heiß, ich musste untertauchen.

Ich verschwand in den nächstbesten Hinterhof und drückte mich gegen die Wand hinter ein paar Mülltonnen. Mein Zustand war nicht der beste. Dennoch musste ich es versuchen, bevor die Bullen mit der Beschreibung meines hübschen Gesichts die Straßen durchkämmten. Ich nahm einen tiefen Atemzug und schloss die Augen.

Es ist schwer, die richtigen Worte dafür zu finden, insbesondere für Menschen verständliche Worte. Ich möchte es so zusammenfassen: Jemand schleudert dich einen engen Schacht hinunter, dessen Wände mit Dornen ausgekleidet sind. Du fällst gefühlte Stunden, überschlägst dich ein paarmal, landest mit dem Kopf hart auf Beton, und schon befindest du dich in einer neuen Zeit. Wenn du alles richtig gemacht hast, sogar in der, in die du wolltest. Wenn du körperlich unversehrt bist und genug Ruhe hast, um dich wirklich gut zu konzentrieren, kannst du obendrein an einem anderen Ort auftauchen. Aber das war mir in meinem derzeitigen Zustand und mit den Bullen auf den Fersen nicht gegönnt.

In meinem Kopf drehte sich alles, mein Innerstes fühlte sich püriert an, meine Haut wie mit einer Raspel bearbeitet. Zeitreisen waren einfach beschissen.

Noch bevor ich die Augen öffnete, beugte ich mich würgend zur Seite und spie den Rest aus, der nicht neben Ricks Bett gelandet war. Langsam kehrten meine Sinne zurück. Als Erstes nahm ich Motorengeräusche und Hupen wahr, danach verriet mir der Gestank nach Abfall, dass ich wohl wieder in der Nähe einer Mülltonne hockte. Mir war kälter als im Jahr 1935, aber so ging es mir immer nach so einem Höllenritt.

Ich blinzelte einige Male, bevor ich die Augen öffnete, und erkannte eine weiße Mauer vor mir. Zuvor war es eine rote Ziegelsteinmauer gewesen, aber der Abstand war ungefähr derselbe. Okay. Es war vermutlich dieselbe Stelle. Chicago. Wenn alles gut gelaufen war, im Jahr 2015, aber ganz sicher konnte ich mir da nicht sein. Wenn ich körperlich und geistig fit war, konnte ich problemlos das genaue Datum samt Uhrzeit anpeilen, aber heute war bereits zu viel geschehen.

Ich erlaubte mir, durchzuatmen. Das erste Mal, seitdem ich heute Früh aufgewacht war. Ich rieb mir das Gesicht, um einen klaren Kopf zu bekommen und roch die scharfe Seife, mit der ich mir das Blut abgewaschen hatte. Mein Herz krampfte sich zusammen, und das nicht nur, weil es ein paar Jahrzehnte durch die Zeit geschleudert wurde.

Rick.

Was zum Luzifer war passiert? Gestern hatten wir gefeiert. Zuerst im Club, dann in seinem Appartement, bis wir im Bett gelandet waren. Alles wie immer. Er hatte mich geküsst, mir lallend eine gute Nacht gewünscht, und dann war ich weggetreten. Wie konnte es sein, dass ich nichts mitgekriegt hatte? Ich sah ihn vor mir, die toten Augen voller Schmerz und Anklage.

Mit einem energischen Kopfschütteln verdrängte ich das Bild. Das war nicht der Ort, um mir über alles klar zu werden. Ich hockte hier auf dem Silbertablett, wie ein knuspriger Schweinsbraten, und in jeder Ecke konnte ein hungriger Straßenköter warten. In diesem abgelegenen Hinterhof könnte ich jederzeit von durchgeknallten Junkies oder gelangweilten Cops angegriffen werden. Und ich war gerade nicht in der besten Verfassung mich zu verteidigen.

Wie gesagt: Zeitreisen waren beschissen.

Ich trat auf die Straße, richtete meinen Hut gerade und seufzte. Ging ich von den Autos, der Kleidung der Menschen und ihren Smartphones aus, konnte ich tatsächlich im angepeilten Jahr gelandet sein. Hier war es etwas sauberer, glänzender, geordneter. Die 30er-Jahre des 20. Jahrhunderts waren mir da um einiges lieber, aber jetzt war nicht der Zeitpunkt, um wählerisch zu sein. Laut dem Stand der Sonne war es ungefähr 16 Uhr, was bedeutete, dass ich ein paar Stunden später als gedacht hier aufgeschlagen war. Aber diese minimale Abweichung beunruhigte mich nicht weiter. Das Wichtigste war jetzt, einen Ort zu finden, an dem ich zu Kräften kommen und mir über alles klar werden konnte. Ich sah die Straße hinunter und musste lächeln. Das war die Lösung.

Es brauchte nicht viel Überredungskunst, ins Kino eingelassen zu werden. Nachmittags an einem Werktag war hier kaum was los. Die Frau an der Kasse war dankbar für ein charmantes Gespräch und meine schönen Augen, also ließ sie mich einfach in den Saal, in dem schon seit einer Stunde ein Film lief. Ich hatte nicht drauf geachtet, welcher es war. Aber Vin Diesel fuhr in einem schicken Sportwagen in halsbrecherischem Tempo durch die Straßen, also nahm ich an, dass es »The Fast and the Furious« war. Teil 243 vermutlich. Es kümmerte mich nicht. Das Aufheulen der Motoren, das Quietschen der Reifen und Mr. Diesels Gegrunze entspannten mich soweit, dass ich mir Gedanken zu den Vorkommnissen der letzten Stunden machen konnte.

Ich wünschte, ich könnte behaupten, dass mir dieses Vorgehen neu war. Aber überall, wo ich auftauchte, war mir der Ärger auf den Fersen wie ein treuergebener Welpe. Man könnte sagen, das war eines meiner besonderen Talente. Im 17. Jahrhundert wäre ich beinahe auf dem Scheiterhaufen gelandet. Im Afrika des 19. Jahrhunderts wollte man mich in ein Erdloch stopfen. Das Muster war immer gleich. Ich verbrachte einige Monate an einem Ort und in einer Zeit, dann geriet ich in Schwierigkeiten und machte mich aus dem Staub, bevor man mich aufknüpfte. Hätten mich die Bullen im Jahr 1935 erwischt, wäre ich höchstwahrscheinlich auf dem elektrischen Stuhl gelandet. Engel waren nur im Himmel unsterblich. In jeder anderen Welt konnten sie Schmerz empfinden und draufgehen. Und landeten danach direkt in der Hölle – wo sie nicht gerade freundlich empfangen wurden, um es höflich auszudrücken. Also wäre das Sinnvollste, meine Wunden zu lecken, den Staub von meinem Anzug zu klopfen und mich woanders häuslich einzurichten. So wie immer. Was brachte es, mir den Kopf über den Mord zu zerbrechen? Oder darüber zu grübeln, warum er mir in die Schuhe geschoben werden sollte?

Vin Diesels Schlitten knallte gegen einen anderen schicken Sportwagen, und er verwendete farbenfrohe Flüche, die ich mir gleich im Kopf notierte. Kino erschien mir sinnlos ohne Popcorn. Allerdings wollte ich mein Glück und mein charmantes Auftreten nicht überstrapazieren, indem ich auch noch bei der Snacktheke schnorrte.

Mit Rick hatte ich gestern einen Hackbraten im Donegal´s verdrückt, bevor wir in die Stadt feiern gegangen waren. Dass ich nicht aufhören konnte, an ihn zu denken, war ganz natürlich. Redete ich mir ein. Ich musste das erst verarbeiten, bevor ich so weitermachen konnte.

Wie immer.

Meine Zeit mit ihm war etwas Besonderes gewesen. Nicht nur der Sex, auch die Gespräche, der Spaß, den wir miteinander hatten. Und irgend so ein Dreckschwein hatte ihn einfach im Bett abgeknallt. Ich schlug mit der Faust auf die gepolsterte Lehne und brummte wütend. Das Pärchen ein paar Reihen vor mir unterbrach sein Rumknutschen und sah mich irritiert an. Ich lächelte entschuldigend und machte eine beschwichtigende Geste. Die Jungs hatten nur ein ruhiges Plätzchen für ihr Date gesucht, mit Vin Diesel als Anheizer. Es war nicht okay, dass ich es ihnen mit meinem 80 Jahre alten Problem ruinierte.

Menschen starben. Und oft auf unschöne Weise. Seitdem ich den Himmel verlassen hatte, war mir viel Scheiße über den Weg gelaufen. Krankheit, Tod, Mord, Folter und Schlimmeres. Ich wusste, dass das Leben endlich war und die Seelen sich dann von der Welt verabschiedeten. Und wenn das geschehen war, durfte ein Engel es nicht mehr durch Zeitreisen rückgängig machen. Die Seelen gehörten dann dem Himmel oder der Hölle. Die Erde würde explodieren, würde man daran rütteln. Das war der Lauf der Dinge. Also konnte ich genauso gut den Film genießen und mit der Vergangenheit abschließen.

Viele Stunden später lag ich zwischen den beiden Jungs im Bett und sah der Sonne beim Aufgehen zu. Niemand konnte behaupten, ich hätte es nicht versucht. Wir hatten zu dritt einen tollen Tag verbracht. Und eine spektakuläre Nacht. Aber immer wieder waren meine Gedanken ins

Chicago des Jahres 1935 abgedriftet. Mittlerweile konnte ich es nicht mehr leugnen. Es fühlte sich anders an als sonst. Die gleiche Geschichte wie immer, nur war sie von der Fahrbahn abgekommen und rumpelte ein wenig am Grünstreifen entlang. Es lag an Rick und daran, dass ich ihn wirklich geliebt hatte. In meiner Zeit auf Erden hatte ich noch nie so tiefe Gefühle für einen Menschen entwickelt. Noch nie zuvor hatte sich Verlust so angefühlt, als ob mir jemand permanent auf mein Herz boxte. Aber es lag auch an der Feigheit und Heimtücke des Mordes. Es lag daran, dass die Bullen auf mich gehetzt worden waren. Dass mich jemand aus Ricks Bett direkt auf den elektrischen Stuhl verfrachten wollte.

Ich zog vorsichtig Martys Hand von meinem Brustkorb und schob Emmets Bein von meinem hinunter. Er brummte ein verschlafenes »Quin?«, wachte aber nicht weiter auf, als ich aus dem Bett kroch. Das eiskalte Wasser, das ich mir ins Gesicht klatschte, pumpte leider keinen Verstand in meinen sturen Schädel. Es wäre dumm, zurückzugehen. Mehr als idiotisch. Es wäre selbstmörderisch. Und dennoch konnte ich an nichts anderes mehr denken. Ich musste herausfinden, was geschehen war. Wer Rick auf dem Gewissen hatte, warum er sterben musste, weshalb ich das Bauernopfer sein sollte. Die anderen Engel im Himmel hatten mir oft vorgehalten, dass ich die Dinge nicht einfach akzeptieren konnte. Ich machte mich bei manchen Problemen zwar gern aus dem Staub, aber wenn ich mich in etwas verbissen hatte, konnte ich nicht loslassen, wie so ein verdammter Pitbull.

Okay. Es half nichts. Vermutlich würde ich es ewig bereuen, aber ich musste zurück ins Jahr 1935. Und zwar dorthin, wo die Spur noch heiß war. Also nicht länger als ein paar Stunden nach dem Mord. Ein tiefer Atemzug, konkreter Fokus auf Zeit und Ort und ...

Warte. Eventuell wäre es klug, nicht nackt zu reisen. Ich schnappte mir meine Sachen und warf meinen schlafenden Liebhabern einen Luftkuss zu.

KAPITEL 3

»Heast, du Oaschloch!«

Die Stimme war so tief, dass sie in meinen Knochen vibrierte. Ich fühlte mich noch nicht in der Lage, die Augen zu öffnen. Offensichtlich war ich geistig nicht ausreichend auf der Höhe gewesen, um mich für die Zeitreise richtig zu konzentrieren. Ich war, Arsch voran, aus mindestens zwei Metern Höhe auf den Boden aufgeprallt. Das würde einen saftigen, blauen Fleck geben.

»Schleich di, Herrschaftszeiten!«

Der Bass klang nun bedrohlicher. Und näher. Ich kroch blind in die entgegengesetzte Richtung und schüttelte meinen Kopf, um klarer zu werden. Wie so ein alter Köter, der gerade aus dem Wasser kam.

»Jessas. Immer diese B'soffenen!«

»Ich bin nicht besoffen!«, krächzte ich.

Als ob sich mein Körper gegen diese Beteuerung verschwören wollte, gaben meine Arme nach, und ich knallte auf die Seite – in eine Pfütze, die nach abgestandenem Bier und Tabak stank. Ich blinzelte in die Sonne und schluckte das fast Erbrochene wieder hinunter.

»Du ... du Wappler kannst mich hören?«

Die Fassungslosigkeit in der Stimme ließ mich aufhorchen, und ich sah mich um. Ich war auf einer engen trostlosen Straße gelandet, die mir vage bekannt vorkam. Von den Häusern war nur die Rückseite zu sehen. Neben einem zerdrückten Karton hockte ein kleines Tier. Gedrungen, haarig, interessante Färbung.

Sonst war es hier menschenleer.

»Natürlich kann ich dich hören. Bist ... bist du unsichtbar?«

Probeweise fuhr ich mit einem Arm durch die Luft vor mir, doch ich spürte keinen Widerstand.

»Marandjosef. Dir hat wer ins Hirn g'schissen.« Das kleine, haarige Ding fuhr sich mit der Zunge über große Schneidezähne und trippelte auf den Karton. »Und wer baut ma jetzt mein Bett wieder z'samm?«

Ich kniff die Augen zusammen und setzte mich wackelig auf. Meine Schläfen und der Teil dazwischen fühlten sich an, als ob ein Pfeil drinsteckte. Dafür hatte sich mein Würgreiz etwas beruhigt. Ein gutes Zeichen.

»Du bist aber eine eigenartige Ratte.«

Das Vieh fletschte die Zähne, und seine schwarzen Knopfaugen verfärbten sich rötlich.

»Ich bin keine Ratte, du ...«

Etwas Großes, Dunkles sprang über meine Schulter und landete dort, wo vor einer Sekunde noch die Nicht-Ratte gestanden hatte. Mächtige Krallen schabten über den Karton, als es zum nächsten Sprung ansetzte. Ein Hund. Ein verfilzter, wütender Straßenköter. Er stürzte sich in einen Turm Kisten. Obst und Gemüse rollte auf den Boden. Das kleine unfreundliche Vieh kam darunter hervorgeschossen. Pfeifend, wie eine hysterische Lokomotive.

Ein Meerschweinchen? Was machte ein sprechendes Meerschweinchen in ...

Aus dem breiten Maul des Straßenköters schoss ein Feuerball, der wenige Zentimeter hinter dem kleinen Flauschball explodierte.

»Daneben, du Oasch!«

Darauf sollte wohl ein Lachen folgen, es klang aber eher wie das rasselnde Keuchen eines Kettenrauchers. Der Hund schüttelte den Kopf, strauchelte für einen Moment über ein paar verstreute Karotten und jagte seiner Beute wieder hinterher.

Wackelig kam ich auf die Beine. Der Schwefelgeruch war unerträglich. Ich musste keinen Abschluss in Theologie haben, um zu wissen, woher das Ding kam.

Das Meerschweinchen schlug vor einem Container einen Haken. Der Höllenhund knallte mit Karacho dagegen, brauchte aber nur ein paar Atemzüge, um wieder auf alle Viere zu kommen. Der kleine Nager würde das Tempo nicht mehr lange durchhalten. Und er kam direkt auf mich zu.

Er zischte an mir vorbei. Sein Verfolger bekam leuchtend rote Augen, aus dem weit aufgerissenen Maul stiegen Rauchschwaden auf. Ich duckte mich gerade noch rechtzeitig. Die sengende Hitze ließ meine Gesichtshaut kribbeln. Es roch nach verbrannten Haaren, und ich schlug panisch auf meinen Kopf. Aber ich stand nicht in Flammen. Glück gehabt.

Das Meerschweinchen weniger. Es drückte sich an eine Hauswand. Auf der einen Seite waren brennende Kisten, auf der anderen ein Mauervorsprung. Es gab keinen Ausweg. Der räudige Köter stand breitbeinig vor ihm, sein mächtiger Rumpf bewegte sich heftig auf und ab.

Er knurrte: »Hab ich dich!«

Das Fellknäuel antwortete mit ein paar anschaulichen österreichischen Beleidigungen.

Ich sollte mich schleunigst aus dem Staub machen. Das hier war nicht mein Kampf. Dass meine Haarspitzen angekokelt waren, war reiner Kollateralschaden.

»Hey, du grottenhässliche Missgeburt!«

Beide Tiere sahen mich überrascht an.

»Okay, ich hätte mich präziser ausdrücken sollen. Ich meine dich, du beschissene Töle!«

Aus den Tiefen des Hundes ertönte ein furchterregendes Grollen. Aus seinen Lefzen begann es zu rauchen, sein Speichel tropfte zischend auf den Asphalt und hinterließ kleine Löcher. Das Meerschweinchen machte eine rasche Bewegung, doch sein Widersacher wandte sich ihm wieder zu und öffnete sein Maul. Ohne zu überlegen, griff ich mir das Erste, das ich in die Finger bekam und warf. Eine faulige Grapefruit knallte mit einem schmatzenden Geräusch auf den Schädel des Monsters. Das Meerschweinchen zögerte keine Sekunde und hetzte los. Eine mächtige Pranke schlug ins Leere. Ich donnerte Zitronen, Äpfel und eine Ananas hinterher. Da das ein feuerspeiender Dämon war und das Obst schon halbverfault, richtete es keinen Schaden an, sondern machte ihn nur noch wütender. Er rannte auf mich zu, in geduckter Haltung, um meinen Geschossen auszuweichen. Ich knallte ihm mit Karacho Weintrauben gegen den Schädel.

Ich wünschte, ich hätte die Sache bis zu Ende gedacht, als ich mich hier eingemischt hatte.

»Das Feuer, du Trutsch'n, nimm das Feuer!«, brüllte es hinter mir.

Ich griff mir eine brennende Kiste und schleuderte sie auf den Höllenhund. Sie traf ihn auf den Rücken, er jaulte auf und strauchelte. Sein Fell fing sofort Feuer. Das schien mir etwas übertrieben, aber ich sann dem nicht lange nach. Er tappte schwerfällig auf mich zu, die Zähne gefletscht. Der Gestank von verkohlten Haaren umwehte ihn, seine roten Augen brannten vor Hass. Er setzte zum Sprung an. Ich schnappte mir ein brennendes Brett und schlug es gegen seinen Brustkorb. Er kreischte – ein grausiges Geräusch für einen Straßenköter – und kollabierte eine Handbreit vor mir. Das Feuer breitete sich von seinem Brustkorb auf seine Vorderpfoten aus.

Schwer atmend betrachtete ich das Brett und sein brennendes Ende. Dann hielt ich das Feuer an das Kinn des Viehs. Die züngelnden Flammen rasten seine Lefzen hinauf, die Schnauze entlang bis zu seinen Ohren. Die roten Augen verfärbten sich zunächst rosa, dann weiß, bis sie herausquollen und platzten.

»Z'ruck! Z'ruck! Schnell!«

Gerade rechtzeitig stolperte ich nach hinten. Eine heiße Stichflamme schoss in die Höhe, dann zog sie sich wieder zum Hund zurück und verpuffte. Übrig blieb nur Asche in Form des Menschen besten Freundes.

Meine Knie gaben nach. Mit einem schwachen Stöhnen ließ ich mich auf den Boden plumpsen.

»Net schlecht, für an Wappler.«

Ich rieb meine brennenden Augen und fuhr mir durch die Haare.

»Hast du ... hast du vielleicht meinen Hut irgendwo gesehen?«

Ich spürte eine Bewegung hinter mir, gefolgt von einem schleifenden Geräusch.

»Da. Bissl ramponiert, aber sonst einwandfrei!«

Neben mir lag mein Fedora, nur ein wenig eingedrückt. Daneben hockte ein entzückendes Fellknäuel mit großen Knopfaugen, rosa Ohren und zuckendem Näschen.

»Danke.« Ich schlug den Staub vom Hut und setzte ihn mir auf. »Du bist also ein Meerschweinchen.«

»Und du a Blitzgneißer.«

Eine Weile saßen wir schweigend nebeneinander. Mir fiel ein, woher ich die Gegend kannte. Normalerweise kam ich hier nur nachts vorbei. Meistens, wenn ich was rauchen oder einen Quickie wollte. Das hier war die Rückseite des Venice Club, einer von Ricks Arbeitsstätten und unsere bevorzugte Partylocation. Mein Intermezzo mit den Jungs aus dem Kino musste nostalgische Gefühle in mir geweckt haben, und so war ich unabsichtlich hier gelandet.

»Also ... ich will ja net neugierig sein, oba ... was bist du eigentlich?«

»Ich bin ein Engel.«

Das Tier stieß wieder einen schrillen Pfiff aus, nur diesmal klang er nicht panisch. »Scheiß mich an. Ich hab noch nie an Engel 'troffen!«

Ich nickte ein paar Mal bedächtig. »Ähm, du bist ... ein Dämon? Könntest ... Weißt du, könntest du mir kurz zusammenfassen, was hier gerade geschehen ist? Mir ... mir ging das etwas zu schnell.«

Die Geschichte an sich war weder kompliziert noch lang. Sie zog sich nur, weil er Pausen einlegte, um an dem herumliegenden Gemüse zu knabbern. Ich bin mir nicht sicher, ob das seine Verdauung besonders anregte oder ob Meerschweinchen immer dazu neigten, aber zwischenzeitlich setzte er donnernde Fürze ab. Diese in Kombination mit dem Gestank von der verbrannten Töle ließen mir jedenfalls jeglichen Appetit vergehen.

Er war ein Dämon, der aus der Hölle verbannt worden war und als zusätzliche Strafe sein Leben als niedliches Nagetier fristen musste. Andere Dämonen sahen es als Hobby an, auf solche wie ihn Jagd zu machen. Anscheinend erhielt man dafür eine Art Bonus vom Fürsten der Dunkelheit. Nach dem gewaltsamen Tod landete so ein Ausgestoßener erneut in der Hölle, bekam dort eine Spezialbehandlung von den Folterknechten und wurde dann wieder zurück auf die Erde geworfen. Zähneknirschend teilte er mir mit, dass das schon mal passiert war und er kein Bedürfnis nach einer Wiederholung hatte.

»Wie kann man aus der Hölle fliegen?«

Ich betrachtete dieses entzückende Wesen, das förmlich dazu einlud geknuddelt zu werden.

»Geht dich an Schaß an!«

Das Aussehen so unschuldig wie Shirley Temple, die Stimme wie Louis Armstrong nach 2 Boxen Cohibas.

Ich bewegte meine eingeschlafenen Beine und stand auf. Die Sonne war seit meiner Ankunft schon ein paar Handbreit gesunken.

»Was treibt ein Engel in Chicago? Ich mein', des is net grad ein gottesfürchtiger Flecken hier.«

Ich verkniff mir *Geht dich an Schaß an* zu sagen. »Ich muss herausfinden, wer meinen Freund ermordet hat. Rick Kruppke«, ich machte eine Kopfbewegung zum Club. »Er hat hier gearbeitet.«

Eine leichte Brise kühlte mein erhitztes Gesicht und verteilte ein wenig von der dämonischen Asche. Von Rick in der Vergangenheitsform zu reden, versetzte mir einen Stich ins Herz.

Ich musste weiter.

»Wie auch immer. War ... nett, dich kennenzulernen.«

»Ich könnt' mich umhör'n.« Er zog sich aus einem Salatkopf zurück und trottete auf mich zu. »Ich schuld' dir was, Engel. Die Leut' kommen hier oft raus. Und reden. Vielleicht schnapp' ich was auf.«

Ich steckte die Hände tief in die Hosentaschen und ließ mir das durch den Kopf gehen. Keine blöde Idee. Schaden würde es jedenfalls nicht.

Ich bläute dem Meerschweinchen Ricks Namen, seine Tätigkeit im Club und die Umstände seines Todes ein.

»Ich komme heute Nacht noch einmal vorbei. Pass auf dich auf, Dämon!«

»Servas, Engel!«

Ich würde damit anfangen, den gestrigen Abend zurückzuverfolgen. Jeden von Ricks Schritten bis zu seinem Tod. Aber zunächst brauchte ich eine neue Bleibe und etwas Geld.

Und in dieser Stadt gab es nur einen, dem ich vertraute.

KAPITEL 4

Tommy war nicht zu Hause. Er war mein bester Freund in Chicago und hatte keinen festen Job – so ging es den meisten in der Gegend –, dennoch hielt er sich über Wasser. Nicht immer gesetzeskonform, aber das verurteilte ich nicht. Der Mensch musste von etwas leben.

Auf der Etage gab es drei Appartements, Tommys war das mittlere. In dem linken dröhnte so laute Blasmusik, dass die Tapete vibrierte. Der alte Knacker, der dort wohnte, verbrachte seine Tage damit, vorm Fenster zu sitzen, das Radio so laut aufgedreht, dass einem das Gehirn explodierte. Ich hatte Tommy mal gefragt, wie er das aushielt, doch er hatte nur mit der Schulter gezuckt. Das machte er immer: nahm das Leben mit einem Schulterzucken und einem Zwinkern.

Ich betrachtete die Tür rechts von Tommys Wohnung. Vor paar Wochen hatte da eine Familie mit drei Kindern gewohnt, doch vor Kurzem waren die Frau und die Kleinen ausgezogen. Tommy hatte erzählt, dass der zurückgelassene Vater seitdem viel Fusel trank und laut weinte. Das Gute war, dass der arme Kerl einen Job in der Fischfabrik hatte und um diese Uhrzeit nicht zu Hause war.

Freie Bahn für mich.

Ich inspizierte sicherheitshalber noch einmal die Umgebung, dann schob ich meinen Hut aus der Stirn und kniete mich vor Tommys Tür. Das Schloss war schnell geknackt. Ein Handwerk, das ich bei einem Kurztrip ins Paris der 20er-Jahre erlernt hatte.

Soweit so gut.

In meinem Appartement in Pilsen warteten vermutlich schon die Bullen auf mich, während sie mit ihren Schlagstöcken rhythmisch in die Handflächen schlugen. Bei Tommy fühlte ich mich erst mal sicher, außerdem hatte er noch paar Sachen und etwas Geld von mir.

Als ich vor paar Monaten hier gelandet war, hatten wir uns schnell angefreundet. Nachdem ich eine Zeit lang im China des 14. Jahrhunderts verbracht hatte, wollte ich etwas Abwechslung. Mir war nach Swing und Scotch. 1935 schien mir ein gutes Jahr für die USA, es war gerade nach der Prohibition und noch vor dem Eintritt in den 2. Weltkrieg. Für Chicago entschied ich mich, weil ich es reizvoll fand, in Al Capones altes Territorium einzutauchen. Abgesehen davon standen mir Anzüge einfach verdammt gut.

In einem heruntergekommen Tanzschuppen in Cicero war ich in eine Schlägerei geraten. Nun ja, eventuell hatte ich sie angefangen, nachdem mich ein paar Typen einen dreckigen Mexikaner genannt hatten. Der Rausschmeißer hatte mich daraufhin auf die Straße gesetzt, und ich war Tommy begegnet. Er lehnte an einer Ecke, mit einem Spliff zwischen den Fingern und einer amüsierten Miene, die er sich nicht bemühte zu verbergen. Er hielt mir die Haschzigarette hin und zwinkerte mir zu.

Wir teilten die Vorliebe für Tanzmusik, und er brachte mich in die guten Clubs mit den besten Bands. Tommy war so ein Typ, mit dem man stundenlang quatschen konnte, sei's über den wirtschaftlichen Umschwung seit Roosevelt oder die Eskapaden der Looney Tunes. Er hatte in seiner Kindheit so einige unschöne Dinge mitansehen müssen. Ohne ins Detail zu gehen: Sein Vater saß im Knast, und die jüngeren Geschwister waren an diverse Verwandte auf dem Land verteilt worden. Solche Geschichten waren hier nichts Ungewöhnliches, insbesondere seit Beginn der Depression. Kinder wurden zu Waisen, meistens auf hässliche Art.

Tommy war dadurch vielleicht hart geworden, aber nicht verbittert. Ein Schulterzucken und ein Zwinkern, das war Tommy.

Körperliche Anziehung zwischen uns hatte es nie gegeben, aber das machte ihn nicht weniger wichtig für mich. Er war mein bester Freund hier. Und er arbeitete immer wieder für die Mancinis, so wie Rick es getan hatte. Mit etwas Glück hatte er paar Informationen für mich. Falls nicht, war es auch kein Beinbruch. In seiner Wohnung gab es wenigstens Kaffee.

Ich stellte den Kessel mit Wasser auf den Herd und mahlte die Kaffeebohnen. Das hatte etwas Meditatives. Ich fühlte mich zerschlagen. Und das lag nicht nur an meinem Intermezzo mit diesem Höllenhund.

Kurz hintereinander zeitzureisen wurde in der Regel nicht empfohlen. Die Kräfte, die dabei auf einen Engelskörper einwirkten, waren zu stark und zerstörerisch. Das Klügste wäre gewesen, noch ein paar Wochen im Jahr 2015 zu verbringen und erst dann zurückzukehren. Aber ich neigte nicht unbedingt zu klugen Entscheidungen.

Ich überließ mich der kreisenden Bewegung und dem gleichmäßigen Geräusch der Kaffeemühle, bis Gedanken und Körper etwas Ruhe fanden. Das schrille Kreischen des Wasserkessels ließ mich zusammenzucken. Ich griff danach, verbrannte mir die Finger und fluchte hingebungsvoll. Im selben Moment, in dem die kleine Glühbirne über der Herdplatte explodierte, wurde die Eingangstür aufgerissen. Tommy stand mit erhobenem Totschläger auf der Schwelle, die Miene glatt wie Stein, die zurückgezogenen Lippen zeigten senffarbene Zähne.

Ich hob beide Hände über den Kopf und zog einen Mundwinkel nach oben. »Hey, tut mir leid, mein Freund. Ich wollte dich nicht erschrecken! Kaffee?«

Tommys Miene wurde weicher, und seine Augen weiteten sich. Er schloss die Tür hinter sich und stopfte den Totschläger in die Hosentasche. »Nimm die Hände runter. Du siehst aus wie ein gottverdammter Vollidiot!«

Anfangs war ich immer erschrocken, wenn Menschen gotteslästerliche Ausdrücke verwendet hatten. Ich hatte Blitze oder Erdbeben erwartet. Die Klassiker eben. Doch es geschah nie etwas. Sie konnten machen, was sie wollten.

Gott kümmerte das nicht.

Ich senkte die Hände und machte eine fragende Geste Richtung Herd. Tommy rührte sich nicht von der Stelle, sondern zuckte nur mit den Schultern. »Was zur Hölle, Quin? Wieso steigst du in meine Bude ein?« Seine Worte sprudelten immer so gehetzt aus ihm heraus, als ob er schnell alles loswerden wollte, bevor ihn jemand daran hinderte.

Ich goss das heiße Wasser sorgfältig auf den gemahlenen Kaffee und beobachtete, wie es langsam einsickerte.

»Antworte, verdammt! Alle suchen nach dir! Rick ist ... Nimm doch die neue Kaffeemaschine!« Tommy marschierte mit großen Schritten zum Küchentresen und rieb sich den Nacken. Er sah müde aus.

»Die ist mir zu neumodisch. Ich mag die traditionelle Methode.«

Ich hatte in der Zukunft schon weit futuristischere Maschinen gesehen. Doch wozu? Es störte mich nicht, wenn etwas länger dauerte. Zeit hatte ich genug. Warum etwas verkomplizieren, das gut war und funktionierte?

Tommy schlug mit der flachen Hand auf die Tischplatte. »Scheiße, Quin. Rick ist tot! Hast du mich gehört?«

Müde löste ich den Blick vom Kaffee. »Ja, ich hab dich gehört, mein Freund. Ich weiß.«

Tommy atmete scharf ein. Er musste den Kopf leicht in den Nacken legen, um mir in die Augen zu sehen. Seine Halsschlagader pochte wie die Basslinie eines Jazz-Songs.

»Sie suchen dich. Nicht nur die Bullen. Auch die Mancinis.« Seine Stimme zitterte, aber jede Härte war aus ihr verschwunden.

»Okay.« Ich klopfte meine Taschen ab, ehe mir wieder einfiel, dass ich keine Zigaretten hatte. »Okay, erzähl mir, was du gehört hast.«

»Viel mehr als das weiß ich auch nicht. Die Mancinis haben heute früh alle zusammengetrommelt. Die Bullen sagen, dass du Rick erschossen hast und sie im Joliet ein Plätzchen für dich reserviert haben.«

Das Joliet war der Albtraum der gesetzesuntreuen Bürger von Illinois. Der Knast war stets überbelegt und die Heimat des hiesigen elektrischen Stuhls.

»Wieso glauben die, dass ich es war?« Die Antwort konnte ich mir denken, doch mich interessierte die offizielle Version.

»Also, nun, ich mein … so genau weiß ich das auch nicht. Ich nehm an, weil deine Sachen dort überall verstreut waren und dein Liebhaber nackt und tot im Bett gelegen hat, aber das ist auch nicht der Punkt und das weißt du auch. Die Bullen wollen dich einkassieren, und die Mancinis sind nicht sonderlich froh, dass die jetzt bei ihnen rumschnüffeln. Sie wollen mit dir reden, Quin. Jeder, der dich sieht, soll Bescheid geben.«

Ich wusste, dass Tommy mich weder an die Bullen noch an die Mancinis verpfeifen würde. Allerdings war das auch für ihn nicht ungefährlich. Wenn sich einer in der Bande nicht an die Regeln hielt oder nicht loyal genug war, konnte er sich schnell 1,80 Meter unter der Erde wiederfinden.

»Jetzt erzähl schon, Quin. Hast du gesehen, wer's getan hat? Was war überhaupt los?«

Es rührte mich, dass er nicht annahm, dass ich es gewesen war. Tommy, mein bester Freund in Chicago.

Ich hielt mich kurz und fasste zusammen, wie ich den Morgen erlebt hatte. Unser Gespräch ging dann nicht mehr lange weiter. 17 Minuten, um genau zu sein. Das verriet mir die potthässliche Küchenuhr, die Tommys Mutter ihm geschenkt hatte.

»Nichts für ungut, Kumpel.« Sein Zwinkern war so halbherzig wie sein Schulterzucken.

Wir leerten die Tassen, und dann schob er mich aus der Tür. Er würde mir den Rücken freihalten so gut er konnte, und er würde jeden abknallen, der mir zu nahe kam. Aber in seiner Wohnung könnte ich nicht bleiben. Zu offensichtlich. Zu gefährlich. Für uns beide. Er gab mir Geld und meine Klamotten und drängte mich, unterzutauchen.

Nichts für ungut.

Ich verabschiedete mich, versprach ihm, mich zu melden, und klappte den Kragen hoch. Die Stadt wirkte heute viel zu hell, viel zu freundlich. Es war zum Kotzen. Ich hielt den Blick auf den Boden gerichtet und drückte mich durch die Menge am Gehsteig. Tommy hatte mir noch einen Tipp mit auf den Weg gegeben: kein Hotel, keine Pension. Irgendein Privatzimmer, wo keine Fragen gestellt wurden, weit weg von unserem Viertel.

Chicago war ein Dorf, früher oder später würden sie mich finden. Die Mancinis oder die Bullen.

Aber bis es so weit war, würde ich meine Zeit nutzen.

KAPITEL 5

»Guten Tag, Ma´am!«

Die Frau ließ den feuchten Mopp auf den Boden klatschen und musterte mich von oben bis unten. Ihre dunklen Haare waren mit weißen Strähnen durchzogen und zu einem festen Knoten im Nacken gebunden. Ihr Kleid schlackerte an ihr, als ob es ihr zu besseren Zeiten mal gepasst hätte. Ich schob meinen Hut nach hinten und schenkte ihr ein strahlendes Lächeln.

Schien sie nicht besonders zu beeindrucken.

»Ich spreche die Sprache dieses Landes. Fließend. Was wollen Sie?«

Ich fühlte die Herkunft der Menschen und redete sie automatisch in ihrer jeweiligen Muttersprache an. Ich hatte nicht einmal gemerkt, dass ich spanisch gesprochen hatte. Das schien jedenfalls nicht gut bei ihr anzukommen.

Ihre Stimme war so fest wie ihre Miene. Sie hielt den Mopp so, dass sie ihn mir jederzeit ins Gesicht schleudern konnte. Kein Bullshit mit dieser Lady, also kam ich gleich zum Punkt.

»Ich hab Ihr Schild gesehen, Ma'am. Ist das Zimmer noch zu haben?«

Ihr Mund verzog sich, und sie ließ ihren Blick betont langsam von meinen Schuhen bis zum Scheitel gleiten. Tommy hatte mir nicht die Zeit gelassen, mich gebührend zu restaurieren, allerdings sah ich auch nicht wie ein Penner von der Straße aus.

»Was sind Sie? Ein Säufer? Ein Spieler? Ein Gangster?« Ihre Fragen kamen schnell und hart wie Pistolenkugeln.

»Kein Gangster, Ma'am. Manchmal spiele ich. Öfter trinke ich.«

Meine Hand glitt in die Innentasche meines Sakkos, und ihr Körper straffte sich. Mit den Fingerspitzen zog ich langsam mein Geldbündel heraus.

»Ich brauch nur einen Platz zum Schlafen. Zwei Wochen im Voraus?« Ich zog paar Scheine aus dem Bündel und hielt sie vor mich.

Die meisten Menschen wurden beim Anblick von Geld gefälliger. Das war schon so gewesen, als es nur aus ein paar Steinklumpen bestand. Es schien ihnen ein Gefühl von Sicherheit und Macht zu vermitteln, auch wenn ich keine Ahnung hatte, warum. Man musste kein Engel sein, um zu wissen, dass man es nicht mit ins Nachleben nehmen konnte.

Diese Dame gehörte allerdings nicht zu diesem Schlag. Ihre dunklen Augen taxierten mich unerbittlich, und sie stemmte ihre freie Hand in die Hüfte. Weder Flirten noch Geld konnten sie also erweichen. Woanders hätte ich es sicher einfacher gehabt. Ich könnte mir eine einsame Witwe suchen und ihr Bett wärmen, das würde mir auch die Bezahlung ersparen.

Aber leicht hatte ich es mir noch nie gemacht. Und ich mochte ihre »Nicht mit mir!«–Einstellung.

»Ich mache Ihnen keine Schwierigkeiten, Ma'am.«

Sie legte den Kopf schief und zog die Augenbrauen hoch. Ich seufzte. »Okay, könnte sein, dass ich Ärger kriege. Aber ich verspreche Ihnen, den Ärger nicht in Ihr Haus zu bringen.«

Wir starrten uns für eine gefühlte Ewigkeit an. Vielleicht wäre ein anderer schon mit eingezogenem Schwanz abgezogen, aber ich weigerte mich, zu verschwinden, bevor sie mich dezidiert hinauswarf. Schließlich zuckte sie mit den Schultern und lehnte den Mopp an die Wand. Mit einer Geste bedeutete sie mir, ihr zu folgen, dann schritt sie die knarrenden Treppen hinauf. An der Wand hingen Schwarzweißfotografien. Ein Feld mit einem Ochsenkarren, ein paar Holzhütten, eine Straßenbahn, die neben einer Pferdekutsche fuhr. Zuletzt eines von der Ponce Kathedrale in Puerto Rico. Wenn Menschen zu sehen waren, dann nur im Hintergrund.

»Immer zwei Wochen im Voraus. Keine Drogen, keine Partys.«

Am Ende der Stufen passierten wir eine Tür; sie zeigte mit dem Daumen darauf. »Das Bad. Wenn du's nicht sauber halten kannst, fliegst du. Dasselbe gilt für den Lokus. Papier gibt's nicht extra. Handtücher werden einmal die Woche gewechselt.«

Am Ende des Gangs öffnete sie eine Tür und sah mich erwartungsvoll an. Das Zimmer war schlicht und sauber. Ein Bett, ein Tisch, ein Schrank, ein Fenster. An der Wand hing ein Kreuz.

»Ich nehm es«, sagte ich und legte ihr die Scheine in die aufgehaltene Hand. Sie ließ den Schlüssel vor mir baumeln, zog ihn jedoch zurück, als ich ihn greifen wollte.

»Keine Frauengeschichten!«, donnerte sie bedrohlich, doch dann stutzte sie. Mit gekräuselter Stirn musterte sie erneut meine Aufmachung und mein Gesicht. »Und auch keine Männergeschichten! Wie auch immer.«

Ich nickte ihr zu, und sie schloss die Tür auf dem Weg hinaus. Ich warf Hut und Sakko auf den Tisch und legte mich aufs Bett. Menschen wussten oft nicht, in welche Schublade sie mich stecken sollten. War ich eine Frau in Männerklamotten oder ein Mann mit femininen Zügen? Für so viele musste die Welt schwarz oder weiß sein, wenn sie doch in Wahrheit grau war. Irgendwann entschieden diejenigen, die an die Geschlechterbinarität glaubten, für sich selbst, ob sie mich als Frau oder Mann sahen. Mich kümmerte das nicht. Ich wusste, wer ich war.

Sobald ich lag, drohte die Erschöpfung über mich hereinzubrechen. Aber ich musste nachdenken. Ich brauchte einen Plan.

Wieso suchten mich die Mancinis?

Rick hatte den Titel »Laufbursche« gehasst, fast so sehr wie »Mädchen für alles«. Aber letztendlich war er genau das gewesen. Er hatte Besorgungen gemacht, an der Bar oder am Kartentisch gearbeitet, Briefe überbracht oder die Freundin vom Boss durch die Stadt kutschiert. In einer Welt ohne Vertrauen, in der Loyalität nur in Märchenbüchern existierte, war Rick ein Juwel gewesen. Er hatte seine Arbeit pflichtbewusst erledigt und ohne zu bescheißen. Jeder hatte ihn gemocht, sogar die Konkurrenz. Aber er war ein kleines Rädchen, sein Verschwinden machte keinen Unterschied in der großen Maschinerie der Gangster. Die Mancinis hatten vermutlich bereits einen Ersatz gefunden. Er war für sie nicht wichtig genug, um ermordet zu werden.

Nur wichtig genug für mich.

Ich stöhnte und rieb mir die Augen. Wie war ich hierhergeraten? Noch dazu ohne Fusel und Zigaretten? Ich hatte keinen Hunger, aber unglaubliche Lust auf Essen. Engel brauchten keine Nahrungsmittel zum Überleben. Aber, bei Gott, ich liebte den Geschmack! Fettiges, Süßes, Salziges. Ich liebte es, wie Alkohol meinen Körper manipulierte, wie eine Zigarette meinen Kopf leicht werden ließ. Ich hatte einige andere Welten ausprobiert, bevor ich mich für die Erde entschieden hatte. Doch die anderen Wesen hatten nicht diesen Sinn für Genuss wie die Menschen. »Gott segne die Menschen!«, war schon im Himmel mein Spruch gewesen. Die anderen Engel hatten mich dann immer angesehen, als sei ich nicht ganz bei mir. Nun ja, das hatten sie eigentlich meistens getan.

»Ein Königreich für ein Steak!«, sagte ich zur weiß getünchten Zimmerdecke. »Und eine Ofenkartoffel, wenn wir schon dabei sind!« Ich kicherte, ohne zu wissen warum. Meine Stimme klang brüchig und schwach.

Vielleicht hatte Rick etwas mitbekommen, was nicht für ihn gedacht gewesen war. Vielleicht hatte sich die Freundin des Bosses bei einer langen Autofahrt verplappert. Vielleicht hatte er ein Gespräch an der Bar mitangehört. Schon die kleinste Bemerkung konnte zwischen Leben und Tod entscheiden. Es könnte sogar sein, dass es etwas Nebensächliches war, dem er keine weitere Bedeutung beigemessen hatte. Wenn ihm etwas Bahnbrechendes zu Ohren gekommen wäre, hätte er es mir erzählt. Oder? Was, wenn ich ihn nicht so gut gekannt hatte, wie ich dachte?

Die grelle Nachmittagssonne bohrte sich gnadenlos in meinen Kopf. Doch ich brachte es nicht über mich, aufzustehen, um die Vorhänge zuzuziehen. Das Bett war frisch gemacht und weich. Es fühlte sich wie ein sicherer Hafen an, während die Welt da draußen nur Gefahr und Tod versprach. Ich glitt in den Schlaf und dachte an meine neue Vermieterin. Ein Nickerchen mitten am Tag hieß sie sicher nicht gut.

Die Sonne verabschiedete sich gerade vom Tag, als ich mich aus dem Bett rollte. Im Badezimmer klatschte ich mir kaltes Wasser ins Gesicht und brachte meine Haare in Form. Ich nickte meinem Spiegelbild aufmunternd zu und richtete den Hemdkragen. Chicago wartete auf mich.

Es war noch etwas früh für die Clubs. Um diese Zeit war dort wenig los, da würde ich auffallen wie ein irischer Wolfshund beim Dackeltreffen. Also zuerst ins Donegal's. Der Besitzer war ein hoffnungsloser Spieler und musste seine Schulden bei den Mancinis mit Gefälligkeiten abarbeiten. Rick war das Verbindungsglied zwischen ihnen gewesen. Gestern hatten die beiden sich hitzig unterhalten. Ich würde nicht so weit gehen, es einen Streit zu nennen, dazu hatte es zu wenig Geschrei und Handgemenge gegeben. Auf jeden Fall hoffte ich, dass der Inhaber mir ein paar Informationen geben konnte. Außerdem gab es die Burger für uns immer aufs Haus, mit einem warmen Apfelkuchen hinterher. Der perfekte Ort, um mein Unterfangen zu starten.

Ich zog mir den Hut tief ins Gesicht und drückte mich durch die Menge auf dem Gehsteig. Die Straßenbahn fuhr ratternd vorbei, voll beladen mit den braven Männern und Frauen, die sich nach einem langen Arbeitstag auf den wohlverdienten Heimweg machten. Nicht viele hatten den Luxus, einer geregelten Arbeit nachzugehen und damit auch noch eine Familie zu ernähren. Die meisten hielten sich gerade mal so über Wasser. Gangs wie die der Mancinis waren ein Ausweg. Sie kümmerten sich um dich, deine Leute. Alles, was du dafür tun musstest, war, deine Moral an der Garderobe abzugeben und die Gang nicht zu verpfeifen. Die Prohibition war vielleicht Geschichte, aber die Gangster fanden immer eine Nische, aus der sie Profit schlagen konnten. Die anständigen Bürger mit ihren Aktentaschen und Blaumännern verabschiedeten sich nach Hause. Diejenigen, die es bevorzugten, im Dunkeln zu arbeiten, nahmen jetzt ihre Plätze ein.

Ginto wischte mit einem speckigen Tuch einen Tisch ab und pfiff dabei ein fröhliches Lied. Er war so schön, dass es einem in den Augen wehtat. Die Gesichtszüge ebenmäßig, die Haare glänzend und voll, die Zähne makellos. Ich hatte ihn oft beobachtet, von einem Hocker an der Theke aus. Ginto, wie er die Tische abräumte und säuberte. Ginto, wie er das Geschirr hinten in der Küche abwusch und den Boden kehrte. Er erledigte immer alles mit der Eleganz eines Balletttänzers. Der ideale Filmstar. Der Haken war nur, dass der Stummfilm jetzt durch den Tonfilm abgelöst worden war.

»Hallo! Lange nicht gesehen!« Ginto zwinkerte, um seinen Scherz zu unterstreichen. Bei jemand anderem konnte das nervig wirken, bei ihm war es entzückend. »Was macht das Leben, Quin?« Seine Stimme knarzte und kiekste, sie klang wie Fingernägel, die über eine Tafel fuhren.

»Ich klammere mich daran fest, mein Freund. Ist Benji da?«

»Ich sage ihm Bescheid! Soll ich dir Kaffee bringen?«

»Danke, Ginto!«

Ich schob meinen Hintern in eine Sitznische an der Wand und beobachtete die anderen Gäste. Der Ansturm zum Abendessen war bereits abgeebbt, es saß nur noch ein halbes Dutzend Menschen an den Tischen. Vier alte Knacker hockten an der Theke und hielten sich an ihren Bieren fest. Keiner von ihnen beachtete mich. Sie hatten offensichtlich genug mit ihren Gedanken zu tun.

Man sah dem Laden an, dass er zu kämpfen hatte. Die meisten Polster auf den Bänken hatten Risse, die nur behelfsmäßig geflickt waren, die Tische waren zerkratzt oder bemalt, die Farbe blätterte von den Wänden. Früher hatte Benji noch mehr Glück beim Zocken gehabt. Jedenfalls hatte er früher noch Geld in seinen Diner gesteckt. Hatte einen eleganten schwarz-weiß gemusterten Boden verlegt und für die Mitte des Raumes runde Tischchen mit geschwungenen Sesseln gekauft. Dass es hier einmal richtig schön ausgesehen haben musste, machte den Anblick des Verfalls noch deprimierender.

Benji kam mit besorgter Miene und zwei dampfenden Kaffeetassen auf mich zu. Er sah immer besorgt aus, als würde das Unheil hinter jeder Ecke warten. Die buschigen, weißen Haare standen an den Seiten ab, seine eisblauen Augen waren von dunklen Ringen eingeschlossen. Er stellte die Tassen ab und setzte sich mir gegenüber. Schweigend prosteten wir uns zu und nahmen einen Schluck. Der Kaffee war stark und süß gleichzeitig, so wie ich ihn gern hatte – genau wie meine Liebschaften, nebenbei bemerkt.

Benji räusperte sich und kratzte sich hinter dem Ohr. »Ooookay, Quin. Ich komm nicht drauf. Ist es ein schlechtes oder guuutes Zeichen, dass du hier allein auftauchst?«

Dieses Langziehen von Wörtern hätte unter Umständen cool wirken können, bei ihm klang es immer weinerlich. Was seinen ewig kummervollen Gesichtsausdruck nur unterstrich.

Ich wollte ihn beruhigen, ihm zuversichtlich zulächeln. Menschen brauchten das. Aber ich kriegte nicht mehr hin, als den Mund schief zu verziehen.

»War heute jemand da, Benji? Jemand von der Familie?«

»Wozu sollte wer kommen? Ich hab noch Zeit bis nächsten Sonntag! Abgesehen davon ist doch Rick ... Wiesooo ist Rick nicht da?«

Ich heftete meinen Blick auf die Kaffeetasse. Ich spürte, wie sich die kleinen Rädchen in seinen Kopf zu drehen begannen, und ich wollte den Augenblick der Erkenntnis nicht mitansehen.

»Ist etwas passiert? Ist etwas mit Rick passiert?« Seine Stimme wurde laut und panisch. Einige Gäste drehten sich zu uns; hinter der Theke betrachtete uns Ginto stirnrunzelnd. Benjis Augen waren groß, er schwitzte, war jedoch kreidebleich. »Saaag doch was!«

Ich hob beschwichtigend die Hände und nickte den anderen im Diner kurz zu. »Okay, ganz ruhig, mein Freund. Willst du lieber draußen weiterreden?«

Sein Mund klappte auf, und er vergrub den Kopf in den Händen. Oben auf seinem Schädel schimmerte die Haut unter den Haaren hervor. Jeder, der ihn sah, hielt ihn für Mitte 60 oder sogar 70. Ich wusste, dass er nächstes Jahr 55 wurde. Die Spielschulden hatten ihm zugesetzt, und das Leben hatte sein Übriges getan.

Aus seinem Mund kam etwas zwischen Schluchzen und Stöhnen. Mein Atem stockte, und meine Brust zog sich zusammen. Ich hatte mich bisher zusammengerissen, hatte den Schmerz über Ricks Tod vergraben, während ich versuchte, meinen Kopf aus der Schlinge zu ziehen. Doch zu sehen, wie sehr Benji um ihn trauerte, riss etwas in mir auf. Mir war nie klar gewesen, wie nah sich die beiden gestanden hatten. Ich biss mir auf die Lippen und schüttelte heftig den Kopf.

»Er ist tooot, nicht wahr?« Die Stimme des Dinerbesitzers kroch gedämpft hinter den breiten Händen hervor.

»Ja«, antwortete ich gepresst, unfähig mehr zu sagen.

»Verfluuucht!« Er schlug mit dem Arm auf den Tisch und Kaffee schwappte aus seiner Tasse heraus. »Verflucht, verflucht, verflucht!«

Mittlerweile starrten uns alle im Donegal´s an. Zwei Frauen tuschelten miteinander, legten ein paar Scheine auf den Tisch und eilten zur Tür hinaus.

»Alles okay, Boss?« Ginto kam mit einem Geschirrtuch in den Händen zu uns, einen wachsamen Blick auf mich gerichtet. Seine Freundlichkeit war verflogen. Die Strenge in seinem Gesicht machte ihn sogar noch attraktiver.

»Alles gut, mein Junge«, stöhnte Benji gequält. Er drehte sich zu den Gästen um und rief übertrieben laut: » Alles guuut, Leute! Entschuldigt die Unannehmlichkeiten!«

Der schöne Kellner bewegte sich nicht. Seine Hände waren bewegungslos im Tuch versteckt, sein Blick wanderte von seinem Chef zu mir. »Sicher?«

»Mein Freund, hast du vor, mich abzuknallen, oder willst du die Knarre mit dem Lappen da putzen?« Ich lehnte mich betont entspannt zurück und hob die Augenbrauen. Mir war klar, dass es gefährliche Zeiten waren. Dennoch war ich enttäuscht, dass der philippinische Adonis es für nötig hielt, mich mit einer Waffe in Schach zu halten. Hätte er eine meiner zahlreichen Einladungen zu einem Drink mal angenommen, würde er mich besser kennen. Allerdings verkniff ich mir die Bemerkung.

»Schooon gut, Ginto. Pack die Pistole wieder unter die Kasse, bevor was passiiiert.« Benji klang nur noch müde. Die Falten in seinem Gesicht schienen in den letzten Minuten noch tiefer geworden zu sein. Der junge Mann zog sich langsam zurück. Das kleine Intermezzo hatte mich auf den Boden der Tatsachen gebracht. Jetzt war keine Zeit für Trauer. Ich musste wachsam sein.

»Benji, es tut mir leid, dass du es so erfahren musstest, aber ...«

»Ja, dir tut's leid, mir tut's leid, aaaber helfen wird mir das auch nicht!« Mit einer fahrigen Bewegung griff er nach der Tasse und trank sie mit mehreren Schlucken leer. Er knallte sie auf den Tisch und fixierte mich mit loderndem Blick.

»Er hat's mir versprochen. Er hat gesagt, er kümmert sich darum, verschafft mir ein paar Taaage. Er hält sie hin, hat er gesagt. Verdammte Scheiße, Quin!«

Ich lehnte mich mit den Oberarmen auf die Platte und zischte: »Was soll das heißen?«

»Das war erst gestern. Ich sitz' in der Scheiße, verflucht tief in der Scheiße. Die verdaaammten Gäule haben mich reingeritten. Die Mancinis würden mir die Wettschulden erlassen, und sie wollen dafür, dass ich bei einem Ding mitmache. Aber das ist mir zu heiß, Quin, verstehst du? Irgendwas mit einer Bank. Rick hat mir versichert, dass er mit denen sprechen wird. Das wollte er gleich heute tun! Wann ist er gestorben?«

»Gestern Nacht«, sagte ich tonlos.

»Scheiße.« Er wischte mit dem Handballen unter seinem rechten Auge. »Dann bin ich geliefert. Dann bin ich wirklich am Eeende.«

»Wie viel schuldest du ihnen?«

»20 Riesen.«

Ich schloss die Augen und schüttelte den Kopf. Was hatte den Hornochsen dazu getrieben, eine derartige Summe zu verwetten? Als ob er meine Gedanken gelesen hätte, sagte er weinerlich: »Ich hatte einen Tipp, einen kuuugelsicheren Tipp von Frank! Der Gewinn hätte mich wieder rausgerissen!« Er machte eine ausschweifende Bewegung mit den Armen, um den ganzen Raum aufzunehmen.

»Schon gut, Benji. Schon gut.« Ich presste die Lippen zusammen und starrte in meine halb ausgetrunkene Tasse.

»Hey, du hast doch auch einen guten Draht zu den Mancinis! Kannst du nicht ein gutes Wort einlegen, Quin? Wir sind doch Kumpel, oooder? Hey, willst du einen Burger? Einen Kuuuchen? Alles aufs Haus!«

Ich schob mich aus der Nische und richtete mein Sakko gerade. »Keinen Appetit.« Mit dem Zeigefinger tippte ich an meine Hutkrempe und ging an Benji vorbei.

»Heyyy, wir sind doch Freunde! Du vergisst mich nicht, oder?« Seine Stimme klang verzweifelt.

»Wie könnte ich, Benji? Wie könnte ich.«

Ginto taxierte mich grimmig, und ich zwinkerte ihm zu. Wenn ich das alles hinter mir hatte, würde ich ihm einen Drink ausgeben.

KAPITEL 6

Mein Appetit war mir gar nicht vergangen. Nur war die Vorstellung, Benjis Essen in mich hineinzustopfen, während er mir vorjammerte, wie ungelegen ihm der Tod meines Freundes kam, nicht verlockend. Aber ich hätte mit meinem überstürzten Abgang warten sollen, bis ich von jemandem eine Zigarette oder einen Scotch geschnorrt hatte. Nicht besonders klug.

Der Gehsteig war jetzt befüllt mit Pärchen, die sich auf den Weg ins Kino oder ins Theater machten. Trotz der milden Temperaturen hatten die Frauen Pelzstolas um die Schultern gelegt. Sie lachten, plauderten und klammerten sich an die Unterarme ihrer Partner, während sie mit ihren hochhackigen Schuhen über den Asphalt stöckelten. Das Leben in Chicago nahm seinen gewohnten Lauf.

Ein paar Meter vor mir patrouillierten zwei Bullen. Sie betrachteten die Passanten aufmerksam, einer ließ seinen Schlagstock neben sich spielerisch rotieren. Ihre Augen waren ernst und fokussiert. Die beiden waren viel zu konzentriert. Vielleicht kamen sie frisch von der Akademie und dachten, sie könnten tatsächlich noch was erreichen. Vielleicht waren sie auch auf der Suche nach einem Mordverdächtigen. Ich wechselte die Straßenseite, wich dabei einem Cadillac aus und beschloss, mich an die Nebenstraßen zu halten.

Ich hörte die Band, bevor ich die Tür des Club Venice öffnete. Es war eine Nummer von Jack Teagarden, deren Titel mir entfallen war. Um diese Zeit spielten die Musiker beschwingte Lieder, um das Publikum in Stimmung zu bringen, gaben aber noch nicht alles, um sich nicht zu verausgaben.

Das Garderobenfräulein zwinkerte mir zu, und ich musste mich zwingen, zu lächeln. Das mulmige Gefühl in meinem Bauch hatte nichts mit dem Verlangen nach etwas Essbaren zu tun. Erst gestern war ich mit Rick hier entlanggegangen. Er hatte mir einen Witz aus einer Radiosendung erzählt. Jedenfalls hatte er es versucht; er war schrecklich schlecht in solchen Dingen, brachte die Pointe immer viel zu früh. Und ich hatte mich kaum halten können vor Lachen, weil er von einem Teil der Geschichte zum nächsten hin und her sprang. Schließlich hatte er aufgegeben, einen Arm um mich geschlungen und mir einen Kuss auf die Schläfe gedrückt. »Ich liebe es, dich zum Lachen zu bringen«, hatte er in mein Ohr gehaucht und mich in den großen Saal gezogen.

Heute stand ich hier allein am Treppenabsatz.

Der penetrante Duft von frischen Blumen schlug mir entgegen. Im Laufe der Nacht würde er vom Geruch nach Zigaretten, Essen und abgestandenem Alkohol verdrängt werden. Doch jetzt war noch alles unverbraucht und sauber. Ich hasste das. Es erinnerte mich an die Sterilität des Himmels. Ins Chicago der 1930er hatte ich mich sofort verliebt, weil die Straßen nach Dreck und Pisse rochen. Keiner kümmerte sich darum. Die Menschen tanzten, soffen und vergnügten sich miteinander, der Krieg war noch nicht in ihr Bewusstsein gekrochen. Das Leben war vielleicht gefährlich, aber es war nicht langweilig. Hier war nichts rein.

Es war mehr los, als ich erwartet hatte, aber nicht so voll, dass ich in der Menge verschwinden würde. Einige saßen an den Tischen mit Getränken und beladenen Tellern, ein paar Männer hockten an der Bar, ein älteres Pärchen tanzte auf der Tanzfläche. Ich nahm den Raum in mich auf und fixierte für einen Moment die Türen, die in die Hinterräume führten. Dann schritt ich die breiten Treppen mit dem weichen roten Läufer hinunter, den Kopf hoch erhoben, die Hände lässig in den Hosentaschen. Ich hoffte, meine Vorstellung von »Ja, mein Freund wurde erschossen, alle halten mich für den Täter, aber ich komme hier einfach rein, als wäre nichts gewesen« war überzeugend.

Mit Schwung warf ich meinen Hut auf das äußerste Ende des Tresens und fuhr mir durch die Haare. Heute war Joe der Barkeeper. Er hatte mich längst bemerkt, unterbrach jedoch nicht seine Unterhaltung mit einem Kerl, vor dem ein Bierglas stand. Der Mann trug einen eleganten, blauen Anzug und paffte eine schokoladenfarbene Zigarette. Seine Augen bewegten sich für einen Sekundenbruchteil in meine Richtung. Das Lächeln in seinem Gesicht wirkte aufgesetzt und eingemeißelt. Irgendwie kam er mir bekannt vor, aber ich war viel zu aufgekratzt, um ihn einordnen zu können.

Ich öffnete mein Sakko, hauptsächlich um meinen unruhigen Fingern etwas zu tun zu geben, und lehnte mich mit den Unterarmen an die Bar. Ich war seit ungefähr fünf Minuten im Haus, und bisher hatten mich weder Mancinis Schläger noch die Cops aufgemischt. Ein gutes Zeichen.

Die Musik wechselte. Der Bandleader tappte mit der Fußspitze auf den Boden, mit hektischen Armbewegungen gab er den Musikern zu verstehen, dass sie Tempo aufnehmen sollten. Das ältere Pärchen auf der Tanzfläche zögerte nur für einen Moment und stieg dann im Takt ein. Sie waren um die 70, legten aber eine flotte Sohle aufs Parkett. Er wirbelte sie herum, sie lachte und hielt sich wieder an seiner Schulter fest. Joe löste sich von seinem Gesprächspartner und schlenderte auf mich zu. Sein Gesicht war glatt, seine dunkle Haut glänzte, obwohl es jetzt noch nicht so stickig heiß war, wie es in ein paar Stunden sein würde.

»Was kann ich dir bringen, Kumpel?«

Seine tiefe Stimme hatte keine Probleme, die Musik zu übertönen. Weder lächelte er, noch wirkte er übermäßig ernst. Seine Miene war so neutral wie die verdammte Schweiz.

»Einen Scotch mit Wasser.«

Er kam mit dem gefüllten Glas wieder, und ich legte einen Schein auf den Tresen. Er wollte ihn zu sich ziehen, doch ich hatte meine Hand noch drauf. Sein Blick traf meinen, sein Gesicht blieb ausdruckslos.

»Hast du gehört, was passiert ist, Joe?«

Ich könnte schwören, dass sein Mundwinkel zuckte, doch seine Stimme war vollkommen gleichgültig, als er antwortete: »Jeden Tag passiert irgendwas. Jeden Tag höre ich irgendwas.«

Er zog erneut an dem Schein, doch ich ließ nicht los. Seine Augen verengten sich um ein paar Millimeter. Ich konnte diesen Scheiß nicht lange mit ihm durchziehen, ohne Probleme zu bekommen. Noch größere Probleme, als ich ohnehin schon hatte.

»Rick ist erschossen worden.« Keine Regung. »Hast du gehört, ob er in was verwickelt war? War er in Schwierigkeiten?«

»Ich würde sagen, erschossen zu werden sind ziemliche Schwierigkeiten.«

Ich presste die Lippen zusammen und unterdrückte das Bedürfnis, ihm eine reinzuhauen. Man sagte mir nach, ich wäre grundsätzlich kein außerordentlich geduldiges Wesen. Heute waren meine Nerven zum Zerreißen gespannt.

»Stand er auf der Abschussliste? War er mit jemandem aneinandergeraten?« Ich bemühte mich, ruhig und klar zu sprechen. Ein schlichtes Gespräch zwischen Barkeeper und Kunden. Keine aufbrausenden Gefühle.

»Quin«, er zog die Hand vom Geldschein zurück, lehnte sich auf den Tresen und brachte sein Gesicht dicht vor meins. Er roch nach Pomade und Zigarren. »Rick geriet mit niemandem aneinander. Er hatte nie Schwierigkeiten. Jedenfalls nicht, bevor er sich mit dir eingelassen hat.«

Ich ließ ein paar Herzschläge verstreichen. Atmete tief ein und aus. In Sekundenbruchteilen könnte ich ihn am Hinterkopf packen, sein Gesicht auf die Bar knallen und dabei zusehen, wie Blut aus seiner gebrochenen Nase quoll. Gerade hatte ich großes Verlangen danach. Noch ein tiefer Atemzug. Ich vergrößerte den Abstand zwischen uns und nahm einen Schluck Scotch. Er war scharf und brannte mir in der Kehle.

Ich hatte an diesem Ort, in dieser Zeit schon mehr als ein halbes Jahr verbracht. Ich war immer noch jemand Fremdes für die meisten hier. Doch glaubten sie tatsächlich, dass ich etwas mit Ricks Tod zu hatte? Mir sollte egal sein, was andere über mich dachten. Dennoch schmerzte es.

Und machte mich wütend.

Ich hielt mich an der Bar fest. Das Holz fühlte sich glatt und warm an. Nur an den Rändern gab es Unregelmäßigkeiten. Ich fuhr mit den Fingerspitzen darüber, um mich zu beruhigen. Eine Schlägerei würde mich jetzt auch nicht weiterbringen. Auch wenn sie mir guttun würde.

Joe wartete ab und registrierte jede meiner Bewegungen. Ich nahm an, dass er noch nicht den Notfallknopf unter dem Tresen gedrückt hatte, denn sonst würde ich schon den fauligen Atem von ein paar Schlägern in meinem Nacken spüren.

»Ich habe Rick nicht umgebracht. Aber ich werde herausfinden, wer's getan hat.«

Ich ging nicht davon aus, dass er mir glaubte. Aber mir war wichtig, diesen Satz ausgesprochen zu haben.

Er richtete sich wieder auf und stemmte die Handflächen auf die Bar. Seine Stirn legte sich in Falten. Die größte Gefühlsregung, die ich seinem steinernen Gesicht entlocken konnte. Ein kleiner Erfolg.

»Kannst du mir wenigstens verraten, wer heute hinten ist?«

Sein Blick ruhte noch einige Sekunden auf mir, dann schnappte er sich den Geldschein. »Einige sind hinten. Es läuft gerade ein Spiel. Wenn du wissen willst, wer heute das Sagen hat: Frank ist da.«

In Ordnung. Ich war nicht davon ausgegangen, dass Mancini heute anwesend war. An Wochentagen hatte er vermutlich Besseres zu tun.

Ich tippte mit Zeige- und Mittelfinger ungeduldig auf das Holz. Viel mehr würde ich aus Joe nicht rauskriegen. »Hast du eine Zigarette für mich?« Vielleicht ließ er sich ja wenigstens zu dieser guten Tat erweichen.

»Tut mir leid. Aber kauf dir doch eine beim Zigarettenmädchen. Sally hat heute Dienst.«

Mein Gesichtsausdruck brachte Joe zum Lachen. Ein tiefes, wohlklingendes, dröhnendes Lachen, das noch anhielt, als er sich wieder seinem vorherigen Gesprächspartner zuwandte.

KAPITEL 7

Wäre meine Haut in der Lage, Narben zu formen, dann hätte ich so einige Sally zu verdanken. Ihre Nägel waren lang, spitz, knallrot und bräuchten einen Waffenschein. Ich entdeckte sie an einem Tisch hinter der Tanzfläche. Eine Hand ruhte auf ihrem Bauchladen, die andere auf dem Sessel des Mannes, mit dem sie gerade redete. Ihre Haare waren mit einer schwarzen Schleife hochgesteckt, kleine blonde Locken säumten ihr zuckersüßes Gesicht. Das Kleid war zwar hochgeschlossen, endete aber weit über ihren Knien. Sie war ein entzückender Anblick, dementsprechend gut verdiente sie auch als Zigarettenmädchen. Nur wer sie besser kannte, wusste, dass sie so unberechenbar wie ein tollwütiger Waschbär war.

Mein Verlangen nach einer Zigarette war nicht so ausgeprägt, als dass ich mich freiwillig in ihren Armradius begeben hätte. Aber sie verbrachte viel Zeit mit den Kunden und den Angestellten – sie könnte einiges gehört haben. Außerdem hatten wir etwas gemeinsam: unsere Liebe zu Rick.

Ich schnappte mir meinen Hut und schlängelte mich zwischen den Tischen durch. Auf der Tanzfläche wich ich den swingenden Senioren aus und nickte der Band zu. Einige der Musiker erwiderten meinen Gruß zurückhaltend, andere hielt nur der Griff um ihre Instrumente davon ab, mir den Mittelfinger zu zeigen. Sonst wurde ich hier enthusiastischer empfangen. Der Tod lag in der Luft, und sein Geruch haftete an mir.

Sallys und mein Blick trafen sich, als sie gerade das Geld ihres Kunden annahm. Ihr breites Lächeln gefror, sie biss ihre strahlendweißen Zähne zusammen. Für den Bruchteil einer Sekunde sah sie aus wie das Abziehbild eines Clowns. Sie sagte ein paar Worte zu dem Mann am Tisch, drehte sich um und stöckelte davon. Also legte sie es nicht auf eine Konfrontation mit mir an. Ich nahm es als gutes Zeichen.

»Sally!«

Ihr Rocksaum schwang weiterhin geschäftig über ihre Strumpfnähte. Es war möglich, dass sie mich nicht gehört hatte. Wenn auch unwahrscheinlich. Ich erhöhte die Lautstärke um eine Nuance und beschleunigte meinen Schritt. »Hey, Sally!«

Sie drehte sich so abrupt auf den Absätzen um, dass der Inhalt ihres Bauchladens durcheinanderkam. Instinktiv zuckte ich mit dem Kopf zurück, weil ich eine Ohrfeige erwartete. Doch sie krallte beide Hände in den Gurt des Bauchladens. »Komm mir nicht mit *Hey!*, du Miststück!«

Ehe ich eine ausgeklügelte Beleidigung zurückgeben konnte, spürte ich jemanden hinter mir. Ihrem selbstzufriedenen Gesichtsausdruck nach zu deuten, war das ihr Geschenk an mich. Ich war nicht so dumm, ihr den Rücken zu zudrehen, also ging ich einen Schritt zu Seite, bevor ich mich umwandte. Wenig überraschend stand da einer der Kerle, denen sie am Tisch etwas verkauft hatte. Er war breit und hässlich, wie eine Bulldogge. Sein heller Anzug saß nicht richtig, das rote Einstecktuch war zerknittert, und seine mehligen Wangen waren gepflastert mit Pockennarben. Er hatte die perfekten Drohgebärden zweifelsohne drauf, doch der Anblick meines Gesichts schien ihn aus dem Konzept zu bringen. Seine wässrigen Augen wurden größer, der Mund formte ein Oh.

»Gibt's was?«

Ich stellte die Frage beiläufig und hörte Sally schnauben. Er fing sich wieder, drückte die Schultern zurück und fragte mit dröhnender Stimme: »Belästigt dich der … die … Brauchst du Hilfe, Sally?« Ich konnte ein Lachen nicht unterdrücken, was ein Grollen in seiner Kehle zur Folge hatte. Irgendwas sagte mir, dass er es gewohnt war, dass Leute ihn auslachten. Und dass er nicht sonderlich gut darauf reagierte.

Er schob sich zwischen Sally und mich, was mir nur recht war. So konnte ich mich auf ihn konzentrieren, ohne zu fürchten, dass sie mir eine Nagelfeile in die Schulter rammte.

»Jetzt hör mir mal zu, du …«

»Nein, du hörst mir zu!« Ich ging einen Schritt auf ihn zu, und wir standen Nase an Nase. Er stank nach billigem Aftershave und rohen Zwiebeln. »Ich verstehe schon, dein Geld reicht gerade für einen Drink und bisschen was zu rauchen, um mit dem Zigarettenmädchen zu flirten. Dann klimpert sie mit den Wimpern und macht auf Jungfrau in Nöten. Aber glaub mir: Das ist sie nicht. Und noch was kannst du mir glauben: Ich hab heute keine Zeit für diesen Scheiß.«

Ich spürte die Bewegung in seinem Körper, ehe er sie ausführte. Er war langsam und unbeholfen. Ich hatte ihm auf den ersten Blick angesehen, dass er keine große Erfahrung mit Schlägereien hatte. Vermutlich sahen die Leute nur seine Größe und den leicht dümmlichen Ausdruck in seinen Augen und legten sich nicht mit ihm an. Fast hatte ich Mitleid mit ihm.

Nach ein paar unaufgeregten Handgriffen fand er sich auf seinen Knien wieder, sein Handgelenk in einem unangenehmen Winkel von mir nach hinten gedrückt. Sein Gesicht war jetzt weiß wie Gips, sein freier Arm hing schlaff neben ihm herunter. Er wimmerte.

Hinter ihm hielt Sally etwas in der Hand, das wie eine Münzrolle aussah. Ich sah ihr in die Augen und schüttelte sacht den Kopf. Sie rührte sich nicht, vor allen Dingen, weil der kniende Körper ihres Retters eine Barriere zwischen uns bildete. Eins nach dem anderen.

Ich beugte mich hinunter und flüsterte: »Hast du genug?«

Als er nicht antwortete, setzte ich nach: »Glaub mir, ich werd ihr nichts tun. Ist es jetzt gut?«

Er nickte kaum wahrnehmbar, und ich ließ seine Hand los. Schützend drückte er sie an seine Brust. Sein Blick war voller Schmerz und Wut, doch ich wusste, er würde nichts mehr versuchen. Jedenfalls nicht jetzt.

Mit einer Kopfbewegung gab ich ihm zu verstehen, dass er verschwinden sollte. Er trottete mit eingezogenem Schwanz Richtung Ausgang und ließ mich allein mit Sally. Ihre Lippen waren zu einem dünnen, kirschroten Strich zusammengepresst, und sie hielt immer noch die Münzrolle in ihrer Faust. Er war kaum eine Sekunde weg, schon vermisste ich mein breites Schutzschild.

Ich stellte mich breitbeinig hin, bereit, einen Angriff von ihr abzuwehren. Sie machte einen Schritt auf mich zu. Ein lautes Klatschen aus der Richtung der Bar unterbrach unseren Austausch tödlicher Blicke. Joe ließ die Hände sinken und stemmte sie auf die Theke. Der Abstand zwischen uns war zu groß, er hätte über die Musik brüllen müssen, um ein Gespräch mit uns zu führen. Aber er hatte so etwas nicht nötig. Zuerst durchbohrte er mich mit seinem Blick, dann Sally. Ich öffnete die Arme, hob die Schultern und setzte mein charmantestes Lächeln auf. *Alles in Ordnung, ich weiß nicht, was du hast.* Um meine hehren Absichten noch zu verdeutlichen, machte ich eine rauchende Geste.

»Leg das Ding weg und reich mir eine Packung Camel. Sonst bist du in genauso großen Schwierigkeiten wie ich«, raunte ich ihr aus dem lächelnden Mundwinkel zu. Sie zögerte für den Hauch einer Sekunde. Doch letztendlich war ihr Überlebensinstinkt größer als ihr Hass auf mich. Das hier war ein guter Job, und sie konnte es sich nicht leisten, ihn zu verlieren.

Sie stopfte die Münzrolle unter die Zündhölzer und reichte mir eine Packung Lucky Strike. Dabei zeigte sie Joe ihre geraden Zähne und machte einen Knicks, wie eine Lady aus den Südstaaten. Demonstrativ legte ich ein paar Münzen auf den Bauchladen und winkte noch einmal fröhlich zu Bar. Joe ging wieder an seine Arbeit.

»Hast du Feuer?«

»Friss Scheiße, Quin!«

Ich seufzte und versprach meinen Zigaretten, dass ich mich später um sie kümmern würde.

Also kein Rumgeplänkel, sondern gleich zum Thema. »Hast du gehört, was mit Rick passiert ist?«

Ihre harte Schale bekam einen Knacks. Als ob Risse durch das Gesicht einer Statue laufen würden. Die Augen wurden feucht, ihre Mundwinkel sackten nach unten. Doch sie begann nicht zu weinen.

Auch wenn es bei Benji im Donegal's noch nicht angekommen war, hier schien jeder von Ricks Ermordung zu wissen.

»Das hat er dir zu verdanken!« Sie flüsterte nicht, aber ihre Stimme war so leise geworden, dass ich mich bei der

Musik konzentrieren musste, sie zu verstehen. Sie umklammerte ihren Bauchladen auf beiden Seiten.

Genau wie bei Joe wollte ich reflexartig beteuern, dass ich es nicht war. Doch ein Blick in ihr hass- und schmerzverzerrtes Gesicht ließ mich innehalten. Ich könnte ihr Beweise vorlegen, den Mörder auf einem Silbertablett servieren, und sie würde mir nicht glauben. Ob ich nun selbst abgedrückt hatte oder nicht. Für sie war ich schuld an seinem Tod. In ihren Augen wäre das nie passiert, wenn sie noch mit ihm zusammen gewesen wäre.

Vielleicht hatte sie sogar recht.

»Hat sich jemand bei dir über ihn erkundigt? War jemand hinter ihm her?« Ich spielte mit dem Zigarettenpäckchen in meinen Händen. Schielte auf die Streichhölzer in ihrem Bauchladen, griff aber nicht danach. Noch konnte sie es nicht rechtfertigen, mir die Augen auszukratzen.

»Was denkst du, was du hier treibst, du Missgeburt?« Ihre Stimme war so eisig, dass mir ein Schauer über den Rücken lief. »Kommst her mit Blut an deinen Händen und stellst Fragen. Während die Bullen schon eine Zelle mit deinem Namen warmhalten. Wie blöd kann man sein?« Sie lachte bösartig. »Keine Ahnung, was Rick von dir wollte. Du musst schon sensationell im Bett sein, sonst wüsste ich nicht, was er mit dir anfangen wollte.«

Ich wollte ihr eine Ohrfeige geben, doch ich hielt mich zurück. Das war ihr nicht entgangen, und ihr gemeines Lächeln wurde breiter. Nichts lieber, als es ihr aus dem Gesicht zu prügeln. Sicherheitshalber stopfte ich meine Hände in die Hosentasche.

»Es ist mir scheißegal, was du denkst. Meinetwegen kannst du mich den Wölfen zum Fraß vorwerfen.« Meine

Stimme zitterte vor Wut, doch das war mir jetzt egal. »Aber vorher will ich wissen, was passiert ist. Das bin ich Rick schuldig. Und du auch, gottverdammt noch mal!« In einer Sitznische neben uns explodierte eine Lampe. Sally erschrak und blickte irritiert dorthin. Ihr Lächeln war verschwunden. Als sich unsere Blicke wieder trafen, sah ich ihren Schmerz. Und ihre Verunsicherung.

Vor etwas mehr als vier Monaten war Sally Ricks Freundin gewesen. Solche Dinge ergaben sich einfach, wenn man zusammenarbeitete. Die Frauen, seien es die Zigarettenmädchen, Kellnerinnen oder Tänzerinnen, kamen irgendwann mit den Männern zusammen, die den Laden am Laufen hielten. Musiker, Schläger, Barkeeper oder Laufburschen wie Rick. Es war meist Geplänkel, um sich die Zeit zu vertreiben oder für einige Nächte nicht allein im Bett zu liegen. Aus so etwas entstanden keine Ehen, und Rick hatte das gewusst. Für Sally war es mehr gewesen. Das hatte ich gleich zu Beginn gesehen, doch es hatte nichts an der Tatsache geändert. Er hätte sie früher oder später verlassen. Ich war nur zufällig zum richtigen Zeitpunkt zur Stelle gewesen.

Natürlich hatte sie das anders gesehen. Sie hatte mich hinter dem Club abgepasst, und ich war so unvorsichtig gewesen, mich von ihrem süßlichen Äußeren täuschen lassen. Mit unbändiger Wut hatten ihre Nägel mein Gesicht und meine Arme bearbeitet. Auch ein paar meiner dunklen Haarbüschel waren in ihren kleinen Fäusten gelandet.

Sallys Finger lösten sich von ihrem Bauchladen, und sie rückte ihre Löckchen zurecht. Sie vermied es, mir in die Augen zu sehen.

»Alle zerreißen sich das Maul darüber. Frank hat es ihnen verboten, aber sie flüstern weiter. Wie die Geier.« Sie sortierte ihre Waren neu, ihre Hände zitterten. Ich wusste, was sie meinte. Wenn einer draufging, war es am nächsten Tag wie in einem Bienenstock. Alles traf sich, um zu spekulieren, zu geifern, zu protzen oder zu trauern. Ein lautstarkes Durcheinander von Menschen, für die Mord zum Alltag gehörte. Das Leben war kurz, das warf keinen aus der Bahn. Auch einer der Gründe, warum ich diese Zeit so schätzte.

»Das hätte alles nicht passieren müssen. Rick hätte ein alter Mann werden sollen. Mit Frau und Kindern und einem Häuschen.« Sie sprach wie in Trance, als ob sie diese Sätze tausendmal in ihrem Kopf heruntergebetet hatte. Mir lief ein Schauer über den Rücken. Mit eifersüchtigen Ex-Partnern hatte ich schon häufiger zu tun gehabt. Allerdings war mir nie jemand untergekommen, den eine Trennung so hart getroffen hatte wie Sally.

Oder ich habe mir nie die Mühe gemacht, genauer hinzuschauen.

Ich fragte mich, warum Frank den Angestellten verbot, über Ricks Mord zu spekulieren, denn normalerweise sollten solche Lappalien den Manager des Venice nicht kümmern. Es gab nur einen Weg, das herauszufinden.

»Weißt du, wer heute bei Frank hinten ist? Sally?«

Sie strich gedankenverloren über ein Päckchen Zigarillos und schreckte hoch, als ich ihren Namen sagte.

»Sally, ist Chip heute bei Frank?«

Die Bosse hatten immer ihre Bodyguards dabei. Grundsätzlich dieselbe Marke: Groß und breit wie ein Schrank, stets bereit, Schläge auszuteilen oder einzustecken. Chip war genauso, nur war er zusätzlich noch ein bösartiges Arschloch. Jeder hatte Schiss vor ihm. Es war ohnehin nicht auszuschließen, dass ich heute noch in die Mangel genommen werden würde. Aber wenn, dann bevorzugte ich jemanden, der kein perverses Vergnügen dabei empfand, andere zu quälen.

Sally starrte mich mit ausdruckslosem Gesicht an. Langsam schüttelte sie den Kopf und antwortete: »Nein. Heute sind nur die Delaguerra-Brüder bei ihm.«

Ich nickte ihr zu und trat einen Schritt zurück. Es gab nichts mehr, was ich ihr sagen konnte. Oder wollte. Besser, wir beendeten diese Zusammenkunft, bevor einer von uns die Zurückhaltung verlor.

Der Club füllte sich allmählich. Von weiter hinten wurden Rufe nach dem Zigarettenmädchen laut. Sie wandte sich zum Gehen, blieb stehen und drehte mir nur den Kopf zu. »Einer von den alten Würfelspielern sagte, dass man an Rick ein Exempel statuieren wollte. Aber ich weiß nicht, was das heißt.«

»Es heißt ...«

»Ich weiß, was es bedeutet, du Arschloch.« Die Entrücktheit in ihrer Stimme und ihrem Gesicht war verschwunden. Sie spuckte die Worte wie Giftpfeile aus. »Ich meine, ich weiß nicht, was das mit Rick zu tun haben sollte.«

Ich nickte abermals, und sie entfernte sich ein paar Schritte. Dann rief sie über ihre Schulter: »Ich hoffe, sie reißen dir die Eingeweide raus, Quin!«

Viel gab es da nicht rauszureißen, aber ich verstand ihren Punkt.

KAPITEL 8

Die Band stimmte eine Nummer von den Boswell Sisters an, und die Leute drängten auf die Tanzfläche. Von dem älteren Pärchen war nichts mehr zu sehen. Menschenmassen schwappten herein und verteilten sich an die Tische und die Bar. Jeder hier, der mit Gästen zu tun hatte, war jetzt vollauf beschäftigt. Idealer Zeitpunkt, um sich unbemerkt in eines der Hinterzimmer abzusetzen.

Ich steuerte die Tür neben der Bühne an. Der alte Earl saß mit seiner Tuba auf dem Schoss am Rand der Band und wartete auf seinen Einsatz. Die zotteligen Augenbrauen wanderten nach oben, als er mich sah. Ich machte einen Kussmund, und er schüttelte amüsiert den Kopf. Meine Handflächen waren feucht, mein Nacken verspannt. Hier stand keiner Wache. Dafür würden auf der anderen Seite der Tür ein paar Schläger warten.

»Engelchen!«

Ich hatte schon die Hand auf der Klinke, sah mich aber noch mal zu Earl um.

»Ich würde das lassen, Engelchen. Es täte mir leid um dich!«, rief er über die laute Musik zu mir hinüber.

»Das ist schön zu hören!«

Das war es wirklich. Bis auf Tommy schien es nicht viele zu geben, die um mein Wohlergehen besorgt waren. Seine dunklen Augen ruhten auf mir, und er schüttelte langsam den Kopf. »Da reinzugehen ist nicht sehr klug. Nicht für dich, Engelchen.«

Ich nickte, um ihm zu zeigen, dass ich ihn verstand und ihm dankbar war. Dann nahm ich einen tiefen Atemzug, entspannte die Gesichtsmuskeln und öffnete die Tür.

Von rechts und links schoben sich die prächtigen Brustkörbe der Delaguerra-Brüder in mein Sichtfeld. Ich war nicht gerade klein, dennoch musste ich zu ihnen hochsehen. Victor wurde unerklärlicherweise *der Schöne* genannt. Er hatte eine schiefe Nase von diversen Brüchen, dafür hatte Albert ein halbes Dutzend kleiner Narben im Gesicht, die von einem Sprung durch ein Fenster herrührten. Ihn nannte man den Großen, obwohl er keinen Zentimeter größer war als sein Bruder. Ansonsten sahen sie komplett gleich aus. Derselbe Anzug, derselbe Haarschnitt, derselbe *Ich-prügel-dich-windelweich*–Gesichtsausdruck. Trotz ihrer eindrucksvollen Schrammen wurden sie von den anderen ständig verwechselt. Wobei ihr individueller Einsatz ohnehin in den seltensten Fällen gefragt war. Sie agierten zusammen als eine undurchdringbare Wand.

Der Schöne Victor verzog angewidert den Mund, während der Große Albert die Augenbrauen hochzog. Ob aus Überraschung oder Belustigung konnte ich im ersten Moment nicht sagen.

»'n Abend, Jungs!«, flötete ich betont fröhlich. Die einzige Aufgabe, die sie hier hatten, war, Unruhestifter sofort hinauszuwerfen. Ich würde ihnen keinen Grund dafür liefern.

Vorerst jedenfalls.

»Was willst du?«, dröhnte Victor. Er übernahm meistens das Reden, Albert war meiner Meinung nach der Schüchterne von den beiden, auch wenn ich mich hüten würde, das laut auszusprechen.

»Ich wollte in ein Spiel einsteigen.« Ich wedelte mit einem Bündel Scheine. Die Brüder rümpften gleichzeitig die Nase, so wie es nur Zwillinge konnten.

»Der Tisch ist voll.«

Victor sprach jetzt etwas lauter, als ob ihm wichtig wäre, dass die anderen alles mitbekamen. Ich wollte gerade zu einer ausgeklügelten Argumentationsreihe ansetzen, als von weiter hinten eine näselnde Stimme durchdrang.

»Seid doch nicht so unhöflich!«

Wie auf Kommando traten die Delaguerras zur Seite und gaben mir den Blick auf das Hinterzimmer frei. Unter einer tief hängenden Lampe stand der runde, grün bezogene Spieltisch, um ihn herum saßen fünf Männer und eine Frau, die mich alle aufmerksam musterten. Vor ihnen lagen Spielkarten, in der Mitte einige Geldscheine. Schwerer Zigarrengeruch hing in der Luft, genauso wie der süßliche Duft von Bourbon.

»Wie nett, wie nett, wie nett!« Frank lehnte sich im Sessel zurück und ließ eine silberne Münze in seiner Hand von einem Finger zum nächsten gleiten. Bei jedem der zahlreichen Ringe, die sie passierte, ertönte ein zarter Ton. Er trug einen perlgrauen Dreiteiler, passende Gamaschen lugten unter dem Tisch hervor, und aus der Westentasche führte eine Uhrenkette zur Knopfleiste. Der geborene Dandy. Er gehörte zu der Sorte Gangster, die sich mehr aus ihrer Garderobe machten als aus Menschenleben.

»Ich hätte nicht mit dir gerechnet, Quincey. Sehr nett. Setz dich! Candless ist ohnehin fertig«, sagte er mit einer Kopfbewegung zu einem der Spieler.

Dem war diese Information offenbar neu. Sein kahler Kopf schoss hoch, seine Augen weiteten sich. Er sah kurz nach links und rechts, doch seine Nachbarn ignorierten ihn gekonnt. Resigniert zog er den Kopf ein und stopfte die drei Scheinchen, die vor ihm lagen, in seine Brusttasche.

»Das ist ja nett!« Ich setzte mich auf das Wort *nett*, weil es Frank offenbar so gut gefiel. Ich nahm meinen Hut ab und ging zum freien Platz. Stockte jedoch, als ich eine Bewegung hinten im Raum wahrnahm. Im Halbdunkel stand etwas, das wie eine Mischung aus King Kong und einem T-Rex wirkte.

Miststück!, fuhr es mir durch den Kopf, und ich musste widerwillig lächeln. Natürlich hatte Sally gelogen. So durcheinander und mitgenommen konnte sie gar nicht sein, als dass sie mir nicht eins reinwürgen würde. Chip lauerte da hinten im Schatten und wartete nur auf die Gelegenheit, jemanden durch die Mangel zu drehen.

Ich ließ mir nichts anmerken und setzte mich zu den anderen an den Tisch. Die einzige Frau verteilte reihum die Karten. Sie war um die 40 mit lockigen, roten Haaren und enganliegendem Anzug. Ich wünschte, ich hätte Zeit und Nerven, mit ihr zu flirten. Doch ich musste meine Prioritäten im Auge behalten.

»Hast du einen guten Tipp fürs Pferderennen, Frank?«, fragte ich stattdessen.

»Ich hatte keine Ahnung, dass du wettest.« Er ließ die Münze, die er die ganze Zeit über hatte tanzen lassen, jetzt lautlos auf den grünen Filz gleiten und nahm die Karten in die Hand.

»Seit ich gehört habe, dass du so lohnende Ratschläge verteilst, bin ich hellhörig geworden.«

»Wie nett. Von wem hast du das denn gehört?«

»Gehst du mit?«, fragte die Frau mit rauchiger Stimme und sah mir in die Augen. Als ich zögerte, blickte sie demonstrativ auf die Mitte des Tisches, wo schon einige Geldscheine warteten. Ich platzierte meinen Einsatz, und das Spiel nahm seinen Lauf.

Die ersten Runden vergingen großteils schweigend. Die anderen wollten zuerst abklären, was für eine Art Spieler ich war, bevor sie entspannt genug für eine Plauderei waren. Ich war miserabel. Würde ich mich auf meine Konkurrenten konzentrieren, ihre Manierismen, ihre Mimik, ihre Schweißabsonderungen, wäre ich vermutlich unschlagbar. Ich hatte Jahrhunderte damit verbracht, Menschen zu beobachten; ich wusste, wie sie tickten. Doch ich nutzte diesen Vorteil nicht. Ich spielte nach Lust und Laune, liebte den Nervenkitzel, wenn ich Geld verlor, genoss die geschockten Gesichter, wenn ich mit einem miesen Blatt hoch wettete.

Ein tränensackiger Typ mit dicken Lippen zog grinsend den Großteil meiner Scheine an sich, und ich entschied, dass es endlich Zeit wurde, Tacheles zu reden.

»Also: Wer hat Rick auf dem Gewissen?«

Die Reaktionen auf meine Frage waren unterschiedlich. Die Lady hob den Blick von ihren Karten und sah mich ausdruckslos an. Zwei Kerle taten so, als würden sie ihr Blatt studieren, der Mann mit den Tränensäcken griff sich sein Geld und verließ den Tisch. Frank musterte mich, mit einem dünnen Lächeln auf den Lippen. »Wie man so hört, haben wir Ricks Ableben dir zu verdanken.« Er legte sein Blatt auf den Filz, und die anderen stöhnten.

»Tja, ich war's nicht. Aber du kannst dir vorstellen, dass mich brennend interessiert, wer's war.«

Alle schoben mir ihre Karten zu, und ich begann zu mischen, ohne Frank aus den Augen zu lassen.

»Das ist ja nett. Ich sag dir, was ich mir sicher nicht vorgestellt habe: dass du hier auftauchst und bei einem Pokerspiel einsteigst!« Frank lachte über seinen eigenen Scherz, und alle, bis auf die Frau, fielen halbherzig mit ein.

»Es tut mir aufrichtig leid, dass deine Vorstellungskraft so begrenzt ist. Aber da ich schon mal hier bin: Wer hat Rick auf dem Gewissen?«

Frank schüttelte amüsiert den Kopf. »Du klingst wie eine kaputte Schallplatte. Und jetzt sei so nett und teil aus.«

Ich hörte auf, die Karten zu mischen, legte sie auf den Tisch und ließ meine Hand darauf. »Weißt du, ich finde es sehr großzügig von dir, den alten Benji mit einem todsicheren Tipp für die Gäule zu beglücken. Nur schade, dass es ihn so tief in die Scheiße geritten hat und Rick ihn da raushauen wollte.«

»Teil die Karten aus und spiel weiter, Quincey.« Franks Stimme klang ruhig und eiskalt. Meine war mittlerweile das genaue Gegenteil.

»Vielleicht, Frank, vielleicht hat es auch was mit der Banksache zu tun. Wozu wolltet ihr einen abgewrackten Dinerbesitzer dafür verheizen? Rick muss gerochen haben, dass da was gewaltig stinkt!«

Er richtete sich auf, und sein Gesicht wurde so ausdruckslos wie eine Maske. Hätte mir eine Warnung sein sollen. Wenn ich noch den Nerv gehabt hätte, auf so etwas zu achten.

»Aber im Grunde könnte es mit jedem dreckigen Ding zu tun gehabt haben, das Rick für euch erledigt hat. Was war es, Frank, hä? Hat er einen Fehler gemacht? Wusste er zu viel? Hat er jemanden schief angesehen? Was, Frank, was?«

Die anderen Spieler stopften sich eilig ihr Geld in die Taschen und hasteten zum Ausgang. Einer stolperte dabei über seine eigenen Beine. Ihre Zigarren glommen verwaist in den Aschenbechern weiter. Die Lady sammelte seelenruhig ihre Scheine ein und erhob sich majestätisch.

Auf dem Weg hinaus blieb sie jedoch neben mir stehen, packte mich am Haarschopf und zog meinen Kopf zurück. Ihre weichen Lippen drückten sich auf meine. Sie schmeckte nach Bourbon und roch nach Veilchen. Leider war ich in dem Moment zu perplex, um den Kuss gebührend zu genießen. Ich spürte, wie sie mir etwas in die Brusttasche schob – dem Gefühl nach konnte es nicht größer als ein Stück Papier sein. Viel zu schnell löste sie sich von mir, ihr Mund wanderte an mein Ohr, und sie hauchte: »Ruf mich an, wenn du das hier überlebst.« Als ob nichts passiert wäre, stolzierte sie zum Ausgang und schnappte sich einen Hut von der Ablage.

Es hatte etwas Endgültiges, als die Tür hinter ihr ins Schloss fiel.

Ich spürte die Delaguerra-Brüder in meinem Rücken. Der monströse Schatten hinten im Raum bewegte sich einen Hauch. Könnte aber auch sein, dass ich mir das einbildete.

Meine Finger krallten sich um die Karten. Die Ränder drückten sich schmerzhaft in meine Haut, aber es war ein guter Schmerz. Die Art, die mich daran erinnerte, dass ich noch am Leben war.

»Warum musste Rick sterben? Warum letzte Nacht?«

Die Musik drang nur gedämpft in den Raum, der Zigarrenrauch kräuselte sich im Schein der Lampe zur Decke. Das unheilvolle Klirren der Münze an Franks Ringen war das einzige Geräusch im Zimmer. Ich sehnte mich nach Zigaretten, doch in dieser angespannten Situation wäre ein Griff in die Tasche vermutlich meine letzte Handlung auf diesem Planeten.

Der Dandy seufzte. »Verdammt viele Fragen, Quincey.« Er betrachtete für ein paar Herzschläge die tanzende

Münze. »Wie nett, dass du denkst, ich hätte Antworten darauf. Als ob ich so ein ... Wie heißt das, Victor? Dieses griechische Zeugs?«

»Orakel, Boss. Das heißt Orakel«, antwortete der Schöne hinter mir.

»Orakel, genau das war's.« Frank sprach leise, beinahe verträumt. »Du bist aufgebracht. Das ist verständlich. Aber mir vorzuwerfen, ich hätte so etwas Abscheuliches wie einen Mord begangen? Und dann so hässliche Geschichten über Banken und Dinerbesitzer erzählen? Tsss, tsss, tsss.« Seine Finger stoppten die Bewegung, und er durchbohrte mich mit seinem Blick. Seine blaugrauen Augen passten erstaunlich gut zu dem Anzug. »Das ist nicht nett, Quincey. Gar nicht nett!«

In den letzten Minuten hatte sich Speichel in meinem Mund angesammelt, den ich jetzt nur mit Anstrengung hinunterschlucken konnte. Meine Kehle schien enger geworden zu sein.

Ich reckte das Kinn nach vorne und bemühte mich, ruhig und selbstbewusst zu klingen. »Ich will nur wissen, was passiert ist. Dann hast du deine Ruhe.«

Franks Maske wurde von einem freudlosen Lächeln durchbrochen. »Was passiert ist? Nun, Quincey, passiert ist folgendes: Rick hat sich mit jemandem von außerhalb eingelassen. Jemandem, der ihm offensichtlich nicht gutgetan hat.«

Ich sollte Angst haben. Immerhin konnte ich Schmerz spüren. Ich konnte sterben.

Doch stattdessen merkte ich, wie sich dieses alte Gefühl bei mir einstellte. Einen Vulkan hatte es mal eine Freundin im alten römischen Reich genannt. Etwas brodelte in meinem Bauch und stieg dann köchelnd allmählich nach oben, wurde dabei immer heißer und gefährlicher. Bis es praktisch unaufhaltsam aus mir herausbrach.

Ich schoss nach vorne, um Frank am Revers zu erwischen. Doch er schnellte blitzartig zurück. Eine Pranke packte mich an der Schulter und schleuderte mich vom Sessel. Ich lag auf dem Rücken und sah die ekligen Fratzen der Delaguerra-Brüder auf mich herabblicken. Der Schöne Victor hatte eine undurchdringliche Miene, der Große Albert lächelte freundlich. Er war es, der mir einen genüsslichen Tritt zwischen die Beine versetzte. Da dort nichts Empfindliches zu finden war, tanzten vor meinen Augen keine Sterne, aber unangenehm war der Aufprall nichtsdestotrotz. Frank saß noch immer auf seinem Sessel, die Münze glitt wieder über seine Ringe. Die Beine übereinandergeschlagen, betrachtete er das Schauspiel mit mildem Interesse.

Ein Schlag gegen meine Wange ließ meinen Kopf nach hinten knallen. Victor bearbeitete jetzt mein Gesicht, als ob er darauf aus wäre, mir genauso eine hässliche Nase zu verpassen, wie er sie hatte. Während sich Albert mit meinem Körper beschäftigte. Aus meinem Blickwinkel wirkte er gerade tatsächlich größer als sein Bruder.

In meinen Ohren klingelte es. Mein rechtes Auge pulsierte und schwoll langsam zu. Eine Rippe knackste, jedenfalls bildete ich mir das ein. Mein Bauch war so weichgeklopft wie ein Stück Schnitzelfleisch. Die einzigen Körperteile, die gerade nicht vor Panik schrien, waren meine Füße.

»Das war nett«, hörte ich die näselnde Stimme eine Million Kilometer von mir entfernt sagen. »Aber jetzt reicht's. Vorerst.«

KAPITEL 9

Die Welt bestand aus flimmernden Farbklecksen, die brannten.

Die auf mich einprasselnden Schläge hatten aufgehört. Dummerweise nutzte mein Körper die Pause, um mir mitzuteilen, was alles im Argen lag.

»Was stimmt mit seinem Blut nicht?«

»Das ist kein *Er*, du Idiot!«

»Hast du gesehen, wie der austeilt? Natürlich ist das ein Kerl!«

Die Stimmen drangen wie durch Wattewolken zu mir durch. Etwas Dunkles schob sich in die tanzenden Sterne vor meinen Augen. Der plötzliche Geruch von Knoblauch und Schweinskotelett holte mich ins Hier und Jetzt zurück.

»Was bist du eigentlich?« Das war der Schöne Victor.

»Ich bin Quin.« Mehr als ein Flüstern kriegte ich nicht zustande.

Ich hörte gemächliche Schritte näherkommen. In der Hoffnung, mein zweites Auge wieder aufzubekommen, blinzelte ich. Doch alles, was ich damit erreichte, waren stärkere Schmerzen.

Frank beugte sich über mich. Die Stirn gerunzelt, die Unterlippe theatralisch nach vorne gestülpt. »Hast du dich verletzt?«

Bösartiges Gelächter kam von den Delaguerra-Brüdern. Ich hob einen Mittelfinger, bezweifelte aber, dass es jemand wahrnahm, da mein Arm lasch neben meinem Körper lag.

»Quincey.« Als er mir die Wange tätschelte, wollte ich ihm eine runterhauen, streifte aber gerade mal seine

Schulter. Das brachte ihn kurz zum Lachen. »Wie nett! Ich hab dich immer für ein anstrengendes Arschloch gehalten. Aber jetzt wird mir klar: Du bist auch noch ein Schwachkopf.«

Bedauernd schüttelte er den Kopf. »Was soll ich denn jetzt Mancini erzählen, hmm? Er wollte ein Gespräch unter Erwachsene mit dir führen. Aber so wie's aussieht, bist du dazu nicht in der Lage.«

Frank richtete sich wieder auf, schnippte seine Münze in die Höhe und sagte im Weggehen: »Er gehört dir, Chip.«

Vermutlich wirkte ich wie eine Kakerlake auf dem Rücken, die verzweifelt versuchte, sich umzudrehen. Aber allein die Erwähnung dieses Namens ließ mich wie wild mit den Gliedmaßen auf dem Boden herumrutschen. Die Verletzungen meines malträtierten Körpers waren nicht gerade vergessen, aber sie glitten ins Hinterzimmer meines Bewusstseins. Ich schaffte es, Halt unter meine Füße zu bekommen und mich nach hinten zu schieben. Ein unerfreuliches Krachen, gepaart mit dumpfem Schmerz im Hinterkopf, ließ mich erstarren. Die Wand hinderte mich am Weiterkommen. Eigentlich erwartete ich jetzt ein hämisches Lachen von den Anwesenden. Aber ihr bedrücktes Schweigen trieb eine erneute Welle der Angst durch mich hindurch.

Als ob meine Beine den dezenten Hinweis nicht verstanden hätten, schabten sie weiter auf dem Holzboden, um mich von Chip wegzubringen. Unglücklicherweise konnte ich nicht durch Mauerwerk gehen.

Unter mir bebte es. Chip hatte sich aus dem Schatten gelöst und kam schweren Schrittes auf mich zu. Meine Beine zuckten immer noch wie verrückt, als er sich über mich beugte und mich am Revers packte. Seine fleischige Nase war von Kratern übersät, die Lippen waren feucht, er stank nach Schweiß und verfaulten Zähnen.

Man könnte meinen, ich wäre eine Stoffpuppe, so unbekümmert und mühelos hob er mich hoch. Innerhalb weniger Schritte hatte er mit mir den Raum durchquert. Kalte Luft traf auf meinen Nacken, in der nächsten Sekunde wurde ich gegen ein paar Mülleimer geworfen. Feuchte, stinkende Lappen, Gemüsereste und zusammenklebende Zeitungen bedeckten mich. Ich blinzelte mit meinen funktionierenden Auge. Das Licht war schwach, eine Laterne befand sich einige Meter weiter hinten, am Ende der kleinen Sackgasse. Fatalerweise konnte ich noch genug erkennen, um Chip langsam auf mich zukommen zu sehen. Er war nicht einmal außer Atem.

Ich richtete mich halbwegs auf und fegte mir dabei Karottenschalen vom Bauch. Momentan waren die einzigen Punkte meines Körpers, die nicht schmerzten, die Füße und Fingerspitzen. Nichtsdestotrotz lächelte ich. Es sollte charmant und einnehmend sein, aber ich fürchte, es sah einfach nur verzweifelt und blutig aus. »Hey, Chip! Wie geht's denn so? Wollen wir drüber reden?«

Seine Antwort war knapp, aber einprägsam. Er verpasste mir einen Tritt. Es knirschte metallisch, als mein Körper die Mülleimer erneut zusammenschob. Ich hob den Zeigefinger, um ihn darauf hinzuweisen, dass ich noch etwas zu sagen hatte.

Das war ein Fehler.

Chip umfasste ihn mit seiner Faust und machte eine ruckartige Bewegung zur Seite. Mein Kreischen hörte sich an, wie eine Horde Affen auf der Jagd. Als er seine Hand zurückzog, betrachtete ich schwer keuchend meinen unnatürlich verbogenen Finger. Gerade mit dem hatte ich unzähligen Menschen diverser Geschlechter viel Vergnügen bereitet. Dieser Gedanke nahm mich mit, obwohl ich wusste, dass der Finger wieder heilen würde. Das hieß, falls ich das hier überlebte.

Kalter Schweiß rann mein Gesicht hinunter, es pochte in meinen Ohren, mir war schwindlig. Nur der infernalische Gestank des Abfalls schenkte mir ein wenig Trost. Chip stand breitbeinig über mir. Ich weiß nicht, ob er wartete oder einfach überlegte, was er als Nächstes mit mir anstellen konnte. Aber sein Gesichtsausdruck glich dem eines Säuglings beim Anblick einer nackten Frauenbrust. Er war voller kindlicher Vorfreude.

Es wäre klug gewesen, mich totzustellen und zu hoffen, dass ihm irgendwann langweilig wurde. Oder wenigstens den Versuch einer Flucht zu machen. Dummerweise ließ mich meine Klugheit immer in den unpassendsten Momenten im Stich.

Ich sammelte das bisschen Kraft, das ich noch besaß, und bewegte meinen Oberkörper so schnell ich konnte nach vorne.

Im Laufe der Geschichte hatten Beinkleider viele interessante Entwicklungen durchgemacht. Von den feinsten Stoffen zu den abenteuerlichsten Schnitten, von Kilts zu Strumpfhosen, Latex oder Cord. Aber eins war sicher: Wenn mein Kontrahent Jeanshosen trug, ließ sich mein Vorhaben nicht so leicht bewerkstelligen. Glücklicherweise war Chip Fan der Gangster-Mode des Chicagos der 1930er.

Ich versenkte meine Zähne im Schritt seiner Hose, durch den Stoff erwischte ich problemlos seine Eier. Irgendwie hätte ich mir gewünscht, dass er so hoch kreischen würde wie ich vor ein paar Momenten, stattdessen kam ein donnerndes Grollen aus den Tiefen seiner Kehle. Er zappelte, gab mir einen Hieb auf den Scheitel, dann auf die Schläfe und wankte zurück. Ich hing an ihm wie ein Hund an seinem Lieblingsspielzeug, und er schliff mich hinterher. Etwas Feuchtes lief mir an den Mundwinkeln hinunter, vielleicht war es Blut, vielleicht Spucke. Chips Grollen entwickelte sich zu einem dröhnenden Brüllen. Der Stoff schmeckte vage nach Urin, die Schurwolle kratzte an meinen Lippen.

Die Schläge gegen meinen Kopf wurden heftiger. Ich klammerte mich an seine Oberschenkel, doch es war hoffnungslos. Mein Kiefer öffnete sich, und ich glitt kraftlos auf den Boden. Chip japste nach Luft. Ich lag mit der rechten Gesichtshälfte auf dem Asphalt und genoss die Kühle auf meiner zerschlagenen Haut. Vor meinem offenen Auge drehte sich alles; ich hob den Kopf gerade so hoch, dass ich mich anständig übergeben konnte.

Mit einem unmenschlichen Grunzen packte er mich am Kragen und hob mich über seinen Kopf. Ich wollte noch etwas Passendes zur absurden Situation sagen, doch es kam nur Gurgeln heraus. Ich flog durch die Luft.

Der Aufprall auf die Wand schickte heiße Blitze vom Rücken in die Gliedmaßen, gleich darauf knallte ich auf den Boden und wollte sofort wieder aufspringen, um mich meinem Gegner zu stellen.

Doch ich blieb regungslos liegen, weil ich nicht einmal mehr meine nichtgebrochenen Finger heben konnte.

Chip schlurfte auf mich zu, er atmete schwer. Er verpasste mir einen Tritt in den Bauch und begann sich dann Zentimeter für Zentimeter um den Rest meines Körpers zu kümmern. Ich verlor die Übersicht. Dinge wurden gequetscht, gebrochen und verdreht. Es vergingen Minuten, vielleicht auch Stunden, ich war nur noch ein Haufen Fleisch aus pulsierendem Schmerz. Ich wünschte, er würde mir endlich das Genick brechen, damit wir es beide hinter uns hatten. Die Hölle erschien auf einmal die angenehmere Alternative.

Durch den Nebel, in dem ich mich befand, hörte ich etwas knallen und dann eine Stimme. Sie kam mir bekannt vor. Ich bekam nicht genau mit, was sie sagte, in meinen Ohren rauschte es zu laut. Aber sie klang gehetzt, als ob die Wörter aus ihrem Besitzer so schnell wie möglich heraussprudeln wollten.

Erst jetzt fiel mir auf, dass Chip aufgehört hatte. Seine dreckigen Quadratlatschen verschwanden aus meinem Blickfeld, und stattdessen schob sich ein Gesicht hinein.

»Quin! Quin, lebst du noch?«

KAPITEL 10

Tommys Augenbrauen waren dicht zusammengezogen, seine Miene schwankte zwischen Besorgnis und Ekel.

»Quin, hörst du mich?«

»Alles bestens.« Ich versuchte zu lächeln, und meine Lippen platzten noch mehr auf.

»Du musst weg hier! Kannst du aufstehen?« Seine Worte trommelten in atemberaubender Geschwindigkeit auf mich ein.

Probeweise bewegte ich meine Gliedmaßen, jede Pore tat höllisch weh, aber ich biss die Zähne zusammen. Leute, die nicht aus dem Himmel kamen, würden das hier wohl als Wunder bezeichnen.

Ich nannte es Timing und Freundschaft.

So schnell ich konnte, rappelte ich mich auf. Was Zeitlupentempo bedeutete. Tommy legte den Arm um meine Taille und stützte mich. Halb zog, halb trug er mich die Sackgasse hinunter.

»Was ist mit deinem Blut los? Ist das ... Ist das gelb?«

»Das ...«, ich spuckte einen Backenzahn auf den Boden, »Das ist nur ... die Beleuchtung. Woher wusstest du ...?«

Ich spürte sein Schulterzucken. »Der alte Earl. Mit seiner Tuba ist er mir entgegengelaufen. Du bist reingegangen, aber nicht mehr rausgekommen, hat er gesagt.«

Keuchend berichtete er mir, dass das Zimmer verwüstet und leer gewesen war, als er ankam. Aber von draußen hatte er meine Schreie gehört. Er berichtete, dass Chip drinnen gebraucht wurde und dass er selbst sich um mich kümmern würde.

»Und das tu ich auch!«, sagte er ohne Hauch von Ironie und lehnte mich an eine Hauswand. Die Straße war stark befahren, ein paar Meter von uns entfernt flanierte das Nachtleben Chicagos an uns vorbei.

»Ich besorg dir ein Taxi. Wie ist die Adresse?«

Ich nannte sie ihm und versuchte, meine Frisur in Ordnung zu bringen. »Du hast nicht zufällig meinen Hut?«, rief ich ihm nach. Doch er winkte ab und eilte zur Straße.

Mein Körper fühlte sich an, als wäre er mit gebrochenem Glas gefüllt. Aber die Haut wurde mir wenigstens nicht von ein paar kichernden Dämonen abgezogen, also empfand ich meinen jetzigen Zustand als Sieg. Mit der linken Hand, derjenigen mit den am wenigsten ramponierten Fingern, klopfte ich meine Hosen ab und stöhnte. Ich griff in meine Tasche und holte eine Handvoll feuchter Tabakkrümel und Papier hervor. Das konnte ich nicht mal mehr gebrauchen, um mir eine Zigarette zu rollen.

Was für ein beschissener Abend.

Tommy drückte mir ein paar Scheine in die Hand und wiederholte dieselben zwei Sätze im Staccato wie ein Gebet, bis wir an der offenen Autotür angekommen waren: »Such das Weite. Lass es gut sein, Quin.«

Er schob mich auf den Rücksitz, zwinkerte mir zu und wollte gleich wieder fort. Doch ich hielt seine Hand fest. »Danke, Tommy! Du bist mein bester Freund in Chicago!«

Für einige Atemzüge sah er mir in die Augen. Seine Miene war schwer zu deuten. Vor allem, weil die Straßenbeleuchtung sein Gesicht in Schatten warf und ich nur ein funktionierendes Auge hatte. Er zuckte mit den Schultern und seufzte: »Pass auf dich auf!«

Mit Schwung warf er die Tür zu und schlug zweimal auf das Autodach.

Das Taxi fuhr mit einem Ruck los, ich wurde in den Sitz gedrückt, und mein Bauch beschwerte sich. Ich fragte den

Fahrer, ob er eine Zigarette übrig hatte. Er ignorierte mich. Es roch so stark nach Gallseife, dass meine Nase kitzelte. Die grellen Lichter der Restaurants und Bars verschwammen beim Vorbeifahren zu verwaschenen Strichen. Ich drückte die Stirn an die kühle Glasscheibe, schloss die Augen und nickte weg.

Es war weniger ein Traum als eine Rekapitulation der letzten 24 Stunden. Wie in einer Fernsehserie, wo vor der nächsten Folge noch einmal zusammengefasst wird, was bisher geschah. Ricks blutiger Körper, die dröhnende Blasmusik von Tommys Nachbarn, Benjis Jammern, Sallys rote Fingernägel, die Spielerin mit der rauchigen Stimme und ein Fellknäuel, das mich einen Wappler nannte.

»Stopp!«

Der Fahrer warf mir einen emotionslosen Blick durch den Rückspiegel zu und fuhr weiter. Ich hatte das Meerschweinchen vergessen. Vielleicht hatte es in der Zwischenzeit etwas herausgefunden. Auf jeden Fall hatte ich versprochen, heute Nacht noch mal bei ihm vorbeizuschauen.

»Stopp!«

»Ruhig Blut, Kumpel. Ich hab deinem Freund mein Wort gegeben ...«

»Wenn du jetzt nicht stehenbleibst, kotz ich dir auf deine frisch gereinigte Rückbank.«

Das Auto kam zu einem abrupten Halt. Ich warf etwas Geld nach vorne und ignorierte die Verwünschungen des Taxifahrers, während ich hölzern ausstieg. Den hupenden Autos hinter uns winkte ich müde und schlurfte auf den Gehsteig.

Wir waren nicht weit gekommen, vielleicht zwei Blocks. Mein Glück. Zwar begann mein Körper schon wieder zu heilen, doch im aktuellen Zustand war ich nicht in der Lage, einen längeren Spaziergang zu machen. Ich hielt mich an allem fest, was mir auf dem Weg Halt geben konnte, schleppte mich von Laternenpfählen zu Abfalleimern, zu Briefkästen. Die Passanten waren großteils betrunken, doch ihr seliges Lachen erstarb, sobald sie mich sahen. Ich fühlte mich wie Moses, wenn sich das Menschenmeer vor mir teilte.

Nach einer Ewigkeit schaffte ich es zur Rückseite des Venice Clubs. Das Tête-à-tête mit Chip hatte ich beim Seiteneingang gehabt, hier hinten bei der Küche hoffte ich, wieder das Meerschweinchen zu finden. Zur Sicherheit hielt ich mich im Schatten und drückte mich an die Wand. Wahrscheinlich gingen sie davon aus, dass ich nicht so dumm wäre, hier wieder aufzutauchen.

Aber da kannten sie mich schlecht.

Ich wusste nicht, wie er hieß, also rief ich ein paar Mal »Dämon« und »Meerschweinchen«, zuletzt versuchte ich zu pfeifen. Mit geplatzten Lippen nicht sehr empfehlenswert.

»Oida! Glaubst', ich bin a Hund?«

Ich zuckte zusammen und verkniff mir einen Fluch. Eine zerplatzende Glühbirne könnte zu viel Aufmerksamkeit auf ein menschenähnliches Wesen lenken, das mit einem Meerschweinchen konferierte.

»Lustig. Die ham g'sagt, du wärst über'n Jordan.«

Ich ließ mich vorsichtig auf den Boden sinken und lehnte mich gegen die Wand. Jeder Atemzug fühlte sich an, als ob eine Tonne Kieselsteine in meiner Lunge steckte. Ich spuckte gelbes Blut.

»G'schmackig«, bemerkte er mit dieser tiefen Stimme, die in dem winzigen Flauschball so deplatziert wirkte.

»Hast du ... hier vielleicht irgendwo Zigaretten herumlie...? Ach, vergiss es. Okay ... Wer hat gesagt, ich wär über'n Jordan? Weißt du was ... Erzähl mir einfach alles!«

Er hatte viel zu berichten, aber es ging zügig voran, da er diesmal nicht ständig an etwas knabberte. Ich musste meine gesamte Kraft aufwenden, um ihm zu folgen. Es lag nicht nur an all den Quetschungen, Brüchen und Wunden. Das Meerschweinchen-Näschen zuckte immer wieder so entzückend beim Reden, und ich hätte ihn nur zu gern geknuddelt. Ich nahm jedoch an, dass er mir dann ein paar Finger abbeißen würde, also ließ ich es.

Den Großteil des Tages hatte er in der Küche des Venice verbracht. Den Mitarbeitern schien das nicht weiter auffzufallen, und er konnte fressen, während er den Unterhaltungen lauschte. Ich unterbrach ihn nur, als er begann, ausufernd von den Qualitäten des Kochs zu schwärmen, und machte mir eine geistige Notiz, nie wieder in diesem Club zu essen.

Ricks Name fiel ein paarmal, meistens wurde er nur geflüstert. Es gab eine Menge wilde Theorien: Es seien die Cops gewesen, ein Serienmörder oder dieser Freak, mit dem er zusammen war.

»Das bin dann wohl ich«, murmelte ich.

»Jo, eh!« Er lachte und ließ einen donnernden Furz fahren.

Abends kamen dann immer wieder Typen in Anzügen in die Küche, um abzuhängen. Die waren sich einig, dass der alte Knacker aus dem Diner die Nerven jetzt endgültig verloren hatte und Rick deshalb hatte dran glauben müssen.

»Dungals? Na, das war's net. Doni...«

»Donegal's?«

»Das war's! Wo ist das? Gibt's da was G'scheits zu essen?«

Ich nannte ihm die Adresse, und er fuhr fort.

Laut den Anzugträgern war der Besitzer von seiner Spielsucht und den Schulden ganz verrückt geworden und hatte Rick für seine Probleme verantwortlich gemacht.

Benji? Das war absurd. Der alte Kerl hat Rick geliebt, und er war niedergeschmettert von der Nachricht seines Todes. Oder war das nur gespielt gewesen? Er war ganz schön verzweifelt, wegen der Sache mit der Bank. Nicht zu vergessen, dass Rick und er gestern eine ordentliche Auseinandersetzung gehabt hatten.

»Nachher war ich draußen, bei den Musikern, wie sie sich eing'raucht haben.«

Die waren mehr interessiert an anderen Themen. Gage, Gigs und Sex mit Groupies. Der Mord wurde nur kurz gestreift. Und da war es für sie eine klare Sache: Ein Bassspieler hatte sich einmal mit dem heißen Zigarettenmädchen besoffen und sie hatte geschworen: Wenn sie Rick nicht haben konnte, dann durfte ihn keine haben.

Das klang ganz nach Sally. Für mich war das auf jeden Fall plausibler als die Benji-Theorie. Allerdings wäre ich eher davon ausgegangen, dass sie mich abknallte als Rick.

Vor Kurzem hätte ich noch geschworen, dass mein Geliebter keinen einzigen Feind auf der Welt hatte, und jetzt lag er im Leichenschauhaus, während sich die Verdächtigen stapelten. Ich stöhnte und bedankte mich beim Meerschweinchen für seine Hilfe.

Die Hauswand drückte hart in meinen Rücken, aber sie war auch angenehm kalt. Ich betrachtete meine malträtierten Hände. Die kaputten Knochen, Sehnen und Bänder fanden langsam wieder ihren Weg zueinander.

Die Heilung begann.

In 24 Stunden würde man kaum noch etwas sehen. Die Schmerzen blieben, bis ich komplett wiederhergestellt war. Aber das kannte ich schon. Mir waren die mitunter auftretenden Prügel und gebrochenen Knochen auf der Erde lieber als die totale Gefühls-Gleichgültigkeit, die im Himmel herrschte. Wenigstens war mein Körper danach nicht auf Dauer entstellt.

»Gott wollte, dass die Menschen nach ihren Verletzungen Narben behalten, um ihre Dummheiten nicht zu vergessen. Oder ihre Heldentaten. Ist aber meiner Meinung nach fast das Gleiche«, erklärte ich mit hängendem Kopf.

Neben mir hörte ich es rascheln, dann setzte Schmatzen ein. »Bei euch Engeln hat Gott diese Funktion net eingebaut, oder? G'spaßig.«

»Gott hat so einiges bei uns nicht eingebaut«, murmelte ich, ehe ich lauter hinzufügte: »Außerdem sollten Engel überhaupt keine Verletzungen haben. Wir sind rein, unsere Körper sind makellos, wir sind zufrieden mit allem.«

Er verfiel in ein tiefes, kehliges Lachen; ich konnte gar nicht anders, als einzustimmen. Mein weichgeklopfter Bauch beschwerte sich über die Vibrationen, aber es tat trotzdem gut.

»Wie lange bist du schon hier ...? Wie heißt du eigentlich?« Ich entlastete eine Pobacke und drehte mich auf die Seite, um den Dämon ansehen zu können.

Er zögerte, vielleicht um zu überschlagen, ob es gefährlich sein könnte, einem Engel seinen Namen zu verraten.

Seine Antwort beinhaltete viele Knack und Fauchlaute, aber es klang ungefähr wie »Oqalorak«.

»Dann werde ich dich Oggi nennen.«

»Einen Schaß wirst du!«

Ich grinste und erklärte ihm, dass mein Name Quinnortachiel lautete, ich aber Quin bevorzugte. Dann fragte ich nochmal, wie lange er schon hier war.

»Heast, glaubst du, ich hab Lust auf ein Teekranzerl, wo wir unsere Lebensgeschichten austauschen?« Er furzte so laut, dass ich befürchtete, sein kleiner Körper würde explodieren.

»Hast du gerade etwas Besseres vor?« Ich hob die Augenbrauen und spürte, wie sich mein zweites Auge langsam wieder öffnete. »Außerdem musst du zugeben, dass es guttut, mit jemanden zu sprechen, der ... versteht, wo man herkommt, oder?«

Mit einer Pfote fuhr er sich ein paarmal über sein Näschen. Er schaute auf den Boden, als er sagte: »Tut gut, überhaupt von jemandem gehört zu werden.«

Er erzählte mir von seinen Jahren auf der Erde. Er hatte hauptsächlich auf der Straße gelebt, mit Ausnahme von ein paar Monaten, die er bei einem kleinen Mädchen verbracht hatte. Doch das dauernde Kuscheln und Kostümieren waren ihm auf die Nerven gegangen. Warum er auf der Erde gestrandet war, erklärte er aber auch nach erneutem Nachfragen nicht.

»Und ...«, fragte ich in eine Pause hinein, »wieso als Meerschweinchen?«

»Weil die klein und hilflos und niedlich sind«, antwortete er verbittert. »Und ich kann nicht mal Feuerbälle spucken!«

Ich berichtete ein wenig von meinen Erfahrungen. Er war hauptsächlich angepisst, dass ich in der Lage war, in der Zeit zu reisen und hier herumhing, anstatt es mir auf den Bahamas gutgehen zu lassen. Hatte ich ja eine Zeitlang versucht. War langweilig geworden. Ihn interessierte vor allem, warum ich in einer Nacht- und Nebelaktion aus dem Himmel getürmt war. Im Gegensatz zu ihm machte ich kein Geheimnis daraus. Es gab tatsächlich eine Handvoll Gründe, aber als Dämon wollte er eigentlich nur eines wissen.

»Wart' amal: Hast dir jetzt ... also, hast dir was machen lassen? Einen Penis? Oder a Vagina? Beides?«

Er rückte näher an mich heran und blickte überdeutlich zwischen meine Beine.

»Ich hab's versucht.« Bei der Erinnerung verzog sich mein Gesicht automatisch. »Beides. Aber nacheinander!«, setzte ich rasch hinzu, als er aufgeregt japste. »Aber es war sinnlos. Ein Tag später war's wieder weg. Es ist so wie mit den Narben.« Ich zuckte resigniert mit den Schultern. So ein Gespräch verlangte eigentlich nach Scotch oder Wodka.

Und verdammten Zigaretten.

Dennoch, es ging mir schon besser, und das lag nicht nur an der angeregten Unterhaltung. Das Licht veränderte sich bereits, es würde bald Tag werden. Es war genug Zeit vergangen, und mein Körper nutzte das, um sich wiederherzustellen.

»Ich hab mir sogar mal Brustwarzen tätowieren lassen. Weißt du, wie viele Menschen ausflippen, wenn sie rausfinden, dass du keine Brustwarzen hast?«

»Äääh ...«

»War 'ne rhetorische Frage. Aber auch Tätowierungen halten nicht auf meiner Haut.«

Zu seiner Überraschung reagierten die Menschen nicht so schockiert auf meine fehlenden Geschlechtsteile. Sie waren eher überrascht. Anfangs hatte ich ihnen noch wilde Geschichten aufgetischt: von einem Feuer, einem Ritual von Hohepriestern, einem Säureunfall und noch so einiges anderes. Doch ab einem gewissen Zeitpunkt war ich einfach bei der Wahrheit geblieben.

Ich war so geboren worden.

»Geh leck! Und wie machst es? Sex? So ohne ... Zubehör.«

»Pfff!« Ich brachte mein Gesicht etwas näher an seines, damit er sehen konnte, wie sehr ich die Augen verdrehte. »Ich habe Finger, Lippen, eine funktionierende Zunge. Ich bin schockiert, dass ein Dämon eine so beschränkte sexuelle Fantasie hat!«

Es gab für mich kaum ein besseres Gefühl als Haut an Haut. Manchmal, mit viel Glück, spürte ich das sogar mit jemandem, der mir viel bedeutete. Ich seufzte tief. Ich wünschte, ich hätte mehr Zeit mit Rick gehabt. Ich wünschte, ich hätte ihm sagen können, dass er etwas Besonderes für mich war.

»Sigst! Das ist die G'schicht mit Gefühlen. Die machen einem nur Scherereien!«, sagte er mit der ganzen Abgebrühtheit eines nur wenige Gramm schweren Fellballs.

»Es ist nicht nur das. Es geht mir um Gerechtigkeit für meinen Freund! Und vielleicht auch um Rache.« Das würde sich erst zeigen, wenn ich den Schuldigen gefunden hatte.

»Dein G'spusi ist tot, und du versuchst irgendeinen Sinn darin zu finden. Aber das macht's nicht ung'schehen. Menschen sterben halt, Quin. Andauernd.«

»Ich bin mir nicht sicher, ob ein Dämon mir irgendwelche Vorträge über Gefühle halten sollte.« Ich spürte Wut in mir aufsteigen. Das konnte an der Erschöpfung liegen. Oder es lag daran, dass mir alle Welt einreden wollte, ich sollte Ricks Tod einfach so hinnehmen.

»*Ich* bin ma sicher«, murrte Oggi, «dass Engel weder Ahnung vom Saufen noch vom Schnackseln haben! Und no was: Wenn du dich nicht so ang'soffen hättest, würd' dein Freund noch leben!«

Ich sprang auf und riss meinen Fuß hoch, um auf ihn draufzutreten. Jeder zurechnungsfähige Nager hätte Reißaus genommen. Dieser sträubte die Haare, knurrte und fletschte seine langen Vorderzähne. Wir mussten ein beeindruckendes Bild abgeben. Ich war vielleicht ein herumhurendes, saufendes Arschloch, das sich dauernd prügelte. Aber ich zerquetschte kein Meerschweinchen, nur weil es die Wahrheit sagte. Selbst, wenn es ein Dämon war.

Frustriert schrie ich auf und senkte meinen Fuß, ohne Oggi zu verletzen. Ich richtete mein Jackett, fuhr mir durch die Haare und atmete ein paar Mal tief durch. »Und ich wollte dich gerade fragen, ob du bei mir wohnen möchtest.«

»Pfff, na leiwand! Da hock ich lieber in der Pisse von einem Sandler, als mir ein Zimmer mit dir zu teilen!«

Zu meiner Freude reagierten meine Finger wieder verhältnismäßig schmerzfrei auf Befehle. Sie fühlten sich zwar noch etwas steif an, aber ich konnte den mittleren problemlos hochstrecken.

Mit erhobenem Kopf ließ ich das schimpfende Meerschweinchen hinter mir. Die Sonne kroch über den Horizont, die Straßen waren in ein helles Grau getaucht. Die Kühle der Nacht wurde langsam vertrieben. Ich schnappte mir ein Taxi und stieg vor dem Haus meiner puertoricanischen Vermieterin aus.

Mein Anzug sah aus, als wäre ich kopfüber in eine Müllhalde gesprungen. Ungefähr so roch ich auch. Die Lady würde die Nase rümpfen und mir mit einem »Ich hab's mir ja gleich gedacht«–Blick kommen. Aber das Zimmer war bezahlt, genau wie das Bett darin. Ein paar Stunden Ruhe, und ich könnte mich sammeln. Einen neuen Plan machen. Eventuell einen besseren, als in der Höhle des Löwen aufzutauchen und in der Scheiße zu rühren.

Ich stand schon vor der Eingangstüre, als ich hinter mir ein Auto anhalten hörte. Gänsehaut lief meinen Rücken rauf bis zur Schädeldecke. Ich verharrte mit der Hand auf der Türklinke. Vermutlich würde ich noch ins Haus reinkommen, aber was dann? Wer auch immer es auf mich abgesehen hatte, würde einfach die Tür eintreten und alles, was ihm in die Quere kam, zu Kleinholz machen. Den Blick, den meine Vermieterin dann parat hätte, wollte ich gar nicht sehen.

Eine Autotür wurde geöffnet. Ich drehte mich langsam um, und das Erste, was ich sah, war ein Spazierstock aus Ebenholz auf dem Trittbrett.

»Ach, Scheiße«, murmelte ich.

Würde ich mich für diese Dinge interessieren und stünde mein Leben nicht auf dem Spiel, hätte ich mich für das Auto begeistern können. Es war exquisit ausgestattet mit hellen Holzelementen, die Sitze waren aus glänzendem schwarzen Leder, und der Fußraum bot auch jemandem von meiner Größe genügend Beinfreiheit. Der Schöne Victor, der mich höflicherweise zum Wagen gebracht hatte, saß auf dem Beifahrersitz, der Große Albert war der Fahrer. Eine gläserne Trennscheibe bot Passagieren auf der Rückbank einen Hauch von Privatsphäre.

»Sehr geschmackvoll«, sagte ich in einem eher verzweifelten Versuch, Smalltalk zu betreiben. Wenigstens zitterte meine Stimme dabei nicht. Wir waren seit ungefähr fünf Minuten unterwegs, und alles, was ich wollte, war, das verdammte Schweigen zu brechen.

Links neben mir lachte Frank trocken auf, zu meiner Rechten räusperte sich Mancini warnend. Er hatte den Spazierstock an seine Seite gelehnt, die Handschuhe waren auf dem Oberschenkel platziert.

Der Wagen bog rechts ab, und ich versuchte herauszufinden, wo er hinsteuerte. Zu meiner Erleichterung ging es nicht in Richtung des Kanals. Dort gab es ein paar alte Lagerhallen, in denen die Gangster unliebsame Zeugen befragten und im Zweifelsfall gleich im Wasser versenkten.

Der Fond war breit, die Polsterung weich wie auf einer Couch, doch ich fühlte mich eingequetscht zwischen Frank und Mancini. Der Wagen bog erneut rechts ab. Vielleicht steuerten sie den Lake Michigan an. Mein Unwohlsein, was Kanäle und Seen betraf, hatte eventuell was mit dem Europa des 17. Jahrhunderts zu tun. Übertrieben oft war ich dort für eine Hexe gehalten und probehalber unter Wasser getaucht worden. Mit Schwimmen hatte ich kein Problem, nur, wenn mich jemand dazu zwingen wollte.

Wieder wurde ich beim Abbiegen leicht auf Mancini gedrückt und lachte erleichtert. »Also, was ist der Plan? Ihr fahrt so lang im Kreis, bis ich kotzen muss?«

Im Rückspiegel sah ich, wie Albert die Augen verdrehte. Frank schlug die Beine übereinander und ließ eine Münze durch seine Finger gleiten. Das Brummen des Motors übertönte das Klirren seiner Ringe.

»Nett, Quincey, wirklich nett.« Er seufzte übertrieben und schüttelte theatralisch den Kopf. »Was sollen wir nur mit dir anfangen?«

»Ihr könnt mich gleich da rauslassen. Da, da am Eck! Nun, gut, wie wärs mit dort vorne? Nicht? Okay, aber hier ...«

Mancini schlug mit den Handschuhen auf seinen Oberschenkel, und ich verstummte. Frank wollte etwas sagen, doch der alte Mann brachte ihn mit einer Geste zum Schweigen.

Wenn Frank ein Dandy war, dann war Mancini ein Sir. Dieser Mancini jedenfalls. Sein jüngerer Cousin verbrachte die Tage mit Essen, Kotzen und erneutem Essen. Er verließ kaum seine Villa, aber mischte trotzdem kräftig beim Geschäft mit.

Dieser Mancini hier hatte schneeweiße, mit Pomade glattgestrichene Haare, war immer glatt rasiert und hatte manikürte Hände. Er erhob selten die Stimme, gebrauchte nie Schimpfwörter und ließ die Drecksarbeit andere machen. Alle versuchten, ihn zu kopieren, keiner kam je an ihn heran. Ich sollte mich geehrt fühlen, weil man den Oberboss kaum zu Gesicht bekam. Er gab sich nicht unbedingt mit dem Fußvolk ab.

»Die letzten 24 Stunden wurde viel Staub aufgewirbelt. So etwas ist immer unangenehm.« Er redete langsam und bedacht, als ob Zeit nur ein abstruses Konstrukt für ihn war. Seine Stimme war geschmeidig, ohne den harten Chicagoer Akzent. »Auf vielen Seiten wurde gepfuscht. Das ist natürlich ärgerlich.«

Ich spürte, wie sich Franks Körper anspannte, aber er schwieg weiterhin. Nur die Münze tanzte schneller über seine Fingerknöchel.

»Um diese Sache nicht unnötig in die Länge zu ziehen und um sicherzugehen, dass wir das abschließen können, habe ich beschlossen, mich persönlich darum zu kümmern.«

Mein Mund wurde trocken, und ich spürte Übelkeit in mir aufsteigen. Meine äußeren Verletzungen waren so gut wie verheilt, meine Körpermitte fühlte sich nur noch ein wenig empfindlich an. Vermutlich sah man in meinem Gesicht noch ein paar blau-gelbliche Flecken. Aber ansonsten war mein Körper bereit, neuen Traumata ausgesetzt zu werden.

»Unerfreulicherweise hast du gestern eines meiner Etablissements aufgesucht und dabei Ärger gemacht!«

»Eigentlich wollte ich ...«

»Du hast einen Gast misshandelt, ein Zigarettenmädchen belästigt und wolltest beim Barkeeper die Zeche prellen.«

Ich schnappte nach Luft, doch er hob die Hand, um mich zum Schweigen zu bringen. »Außerdem hast du ein Kartenspiel gesprengt und dich mit meinen Mitarbeitern geprügelt.«

So in ein paar Sätze zusammengefasst, war ich fast überrascht, dass ich in so kurzer Zeit so viel Mist bauen konnte.

»Der Verlust von Rick hat dich sehr mitgenommen, das kann jeder sehen.« Mancini betrachtete die vorbeigleitenden Häuser, bevor er weitersprach. »Mir tut es auch leid. Er war ein guter Junge. Er hätte es noch weit bringen können!«

Ich starrte auf meine Handflächen und biss mir in die Innenseite der Wange, um mich abzulenken. Vom Heulen, Schreien, Um-mich-Schlagen. Nach einem tiefen Atemzug schloss ich die Augen. Ich sah Rick vor mir. Nicht, wie er nachdachte, lachte oder stöhnte. Sondern wie er mich anstarrte, mit diesem leeren, toten Blick. Ein Zittern befiel meinen Körper. Ich spürte, dass Frank sich bewegte und sein Gewicht verlagerte. Vermutlich packte er die Pistole unter seinem Jackett. Wenn ich ihm die Waffe abnehmen könnte, würde ich ihn erledigen, bevor ich mit dem Griff die Trennscheibe zertrümmerte und die Delaguerra-Brüder kaltmachte. Und dabei hoffen, dass Mancini brav sitzenblieb und mir zusah. Klang nach einem raffinierten Plan.

»Lass dich nicht von deinen Gefühlen mitreißen, Quin. Das ist unangebracht. Du hättest gleich zu mir kommen sollen.«

Ich öffnete die Augen und wischte meine Handflächen an den Beinen ab. Die Schroffheit des Stoffes auf meiner Haut brachte mich etwas zur Ruhe. Sollte Mancinis gemächliches Reden seine Opfer normalerweise in Sicherheit wiegen?

»Wir sind eine Familie. Wird einer von uns angegriffen, werden alle angegriffen!« Er schlug sich die Faust auf die Brust. Dieselbe Geste hätte bei Frank aufgesetzt ausgesehen, bei Mancini wirkte sie wie ein urzeitliches Stammesritual.

Ich war müde und ausgelaugt. Ich wollte, dass er zum Punkt kam. Ob das bedeutete, dass ich am Grunde des Kanals endete, war mir beinahe schon egal.

»Ich gebe zu, ich habe mir früher nicht viel aus dir gemacht. Aber letztendlich kümmert es mich auch nicht, mit wem meine Jungs gehen.« Er schüttelte den Kopf, seine Miene wurde das erste Mal in dem Gespräch lebendiger. »Doch nachdem ich gesehen habe, wie sehr du dich für Rick ins Zeug gelegt hast, bin ich gerührt. Und stolz.«

Er klopfte mir auf die Schulter. Ich zuckte zusammen. Von jemanden in seinem Alter hätte ich nicht so eine Kraft erwartet. »Du willst nicht ruhen, bevor Ricks Tod geklärt ist, egal wie hoch die Kosten für dich sind. Das braucht Mut! Das braucht Eier!«

Da konnte ich mir ein Lachen nicht verkneifen. Er nahm es als Bestätigung seines Lobes und lachte mit. Er schlug mir noch dreimal heftig auf die Schulter, ehe er wieder ein seriöses Gesicht machte.

»Also, anstatt dich dafür zu bestrafen, will ich dich belohnen. Mit der Antwort auf die Frage, die du seit gestern andauernd gestellt hast. Das ist angemessen.«

Ich hielt den Atem an und schluckte. Aus keinem rationalen Grund hatte ich das Bedürfnis, meinen Kragen geradezurichten. Mancini schien den dramatischen Augenblick zu genießen, denn er zog ihn in die Länge. Als ich schon kurz davor war, mich auf ihn zu stürzen, um es aus ihm herauszuschütteln, fing er an zu reden. Er machte viele künstlerische Pausen, manche Details erzählte er ausschweifend, während er andere nur mit einem halben Satz streifte. Ich weiß nicht, ob seine Geschichte eine Stunde oder drei Minuten dauerte. Jedenfalls wagte ich es nicht, ihn zu unterbrechen, aus Angst, er könnte aufhören.

Zusammengefasst war es simpel. Die Bande hatte ihre eigenen Nachforschungen zu Ricks Tod laufen und dabei hatten sie Benji und seinen Diner genauer unter die Lupe genommen. Eventuell waren sie dabei etwas unangenehm geworden; das war ein Detail, auf das Mancini nicht genauer einging. Jedenfalls gestand Ginto letztendlich den Mord. Der junge Kellner mit dem Gesicht eines Filmstars und der Stimme einer Kreissäge. Die Pistole, die zur Sicherheit unter der Theke aufbewahrt wurde, hatte das gleiche Kaliber, wie die, mit der Rick erledigt worden war. Er hatte abgewartet, bis wir besoffen eingeschlafen waren und war dann in die Wohnung eingestiegen. Es musste die Knarre sein, die er unter seinem Geschirrtuch gehalten hatte, als er Benji vor mir beschützen wollte. Mich fröstelte bei dem Gedanken, dass ich der Mordwaffe so nah gekommen war.

»Mach dir keine Vorwürfe, du hättest gar nichts machen können. Er war einfach an der Tür stehengeblieben und hat von dort aus geschossen. Äußerst feige. Hat einen Schalldämpfer verwendet. Der Junge war da und wieder weg innerhalb von ein paar Sekunden!«

Frank murmelte ein rassistisches Schimpfwort, das sich auf Gintos Herkunft bezog, aber sein Boss ignorierte ihn.

Es war wie ein ewiger Kreislauf. Der alte Dinerbesitzer geriet mit dem Wetten immer tiefer in die Schulden, und Rick half ihm aus der Klemme. Ginto schien davon auszugehen, dass er meinen Freund nur aus dem Weg räumen musste, um das Ganze zu beenden.

Ich hatte so eine Ahnung, was die Gangster mit dem philippinischen Kellner angestellt hatten. Wenn einer aus der Bande ermordet wurde, musste ein Exempel statuiert werden. Wie oft hatte ich mir vorgestellt, mit dem hübschen Ginto auszugehen? Ich trauerte um ihn. Gleichzeitig hätte ich mir gewünscht, ihn persönlich in die Mangel zu nehmen, um ihn meine Rache spüren zu lassen. Es zerriss mich innerlich.

»Was ist mit Benji?«, flüsterte ich. Ich schien nicht mehr genug Kraft zu haben, um laut zu sprechen.

»Es hat ihn sehr mitgenommen.« Mancini schüttelte bedauernd den Kopf. »Aber er hat uns glaubhaft versichert, dass er nichts mit der Sache zu tun hatte.«

Ich nickte schwach und sank in mich zusammen. Am liebsten hätte ich mich auf dem weichen Leder zusammengerollt und wäre eingeschlafen. Ich wollte nichts mehr hören, nichts mehr machen. Nur von aller Welt in Ruhe gelassen werden. Die leise Stimme im hintersten Eck meines Bewusstseins klopfte gegen die Schädeldecke, doch ich war zu kaputt, um zu verstehen, was sie mir sagen wollte.

»Was ...«, meine Stimme war ein Krächzen, und ich räusperte mich. «Was geschieht jetzt weiter?«

Mancinis starre Miene weichte auf. Er schloss für einen Moment die Augen und nickte stumm, als ob er sich selbst die Erlaubnis für etwas geben wollte. »Ja, das ist eine gute Frage, Quin. Eine wichtige Frage.«

Das Klirren der Münze, die über Franks Ringe glitt, schien lauter zu werden. Was auch immer jetzt passierte, ich war bereit dafür.

»Quin.« Mancini stieß meinen Namen mit einem tiefen Seufzer aus und öffnete die Augen. »Ich schätze dich, das weißt du. Aber ich fürchte, ich kann dir keinen Platz in meiner Familie anbieten. Die Cops denken, du hättest Rick auf dem Gewissen. Sie sind noch immer auf der Suche nach dir. Und du wirst verstehen, dass uns nicht daran gelegen ist, dass sie ihre Nase in die Sache mit dem Diner und dem Küchenjungen stecken. Das wäre unerfreulich.«

Ich starrte ihm unverwandt in die Augen und atmete flach.

»Also werden wir sie in dem Glauben lassen.«

»Ihr wollt mich ausliefern?«

Es machte Sinn. Er hätte die Unruhe von Ricks Ermittlungen vom Tapet. Der wahre Mörder war tot, der Unruhestifter im Gefängnis.

Mancini legte eine Hand über seine Augen. Sein Körper bebte, sein Mund war verzogen, als würde er weinen. Wenn ich es genau bedachte, fand ich diesen Anblick beunruhigender als all die des letzten Tages. Ich sah mich zu Frank um, doch sein Gesicht war glattgemeißelt, die tanzende Münze auf seiner Hand ein klirrendes Perpetuum mobile.

Mancini schüttelte sacht den Kopf und ließ die Hand sinken. Da erkannte ich, dass er nicht weinte, sondern lachte. »Wenn ich mich nicht so über deine Dummheit amüsieren könnte, wäre ich womöglich beleidigt!«

Er zog das zur Krawatte passende Einstecktuch aus seiner Brusttasche und wischte sich über die Augen. »Nein, wirklich Quin. Ich sage dir, wie sehr ich dich schätze, erzähle dir, dass ich mich um den Bastard, der deinen Freund auf dem Gewissen hat, gekümmert habe, und du glaubst tatsächlich, dass ich dich den Gesetzeshütern übergebe? Du hältst mich für derart unehrenhaft?«

Ich wusste nicht, was ich sagen sollte. Irgendwie hatte ich das Gefühl, dass eine Entschuldigung von mir erwartet wurde, aber ich war zu verwirrt, um irgendetwas zu sagen.

»Wenigstens siehst du gut aus – besonders klug scheinst du nicht zu sein!«

Das war ein Satz, den ich schon zu oft gehört hatte. Meine Hände ballten sich reflexartig zu Fäusten, und die altbekannte Wut begann in meiner Mitte zu brodeln.

Mancini arrangierte das Einstecktuch sorgfältig in seiner Brusttasche und wurde ernst. »Du hast viel durchgemacht, ich weiß. Wenn du jemanden auf solch eine Weise verlierst, hinterlässt das eine Wunde, die sich nie wieder richtig schließt. Es tut mir leid um deinen Verlust.«

Und als ob jemand ein paar Gallonen Wasser in meinen Vulkan geschüttet hatte, verdampfte mein Ärger innerhalb eines Atemzuges. Das war das erste Mal seit Ricks Tod, dass mir jemand sein Mitgefühl ausgesprochen hatte, anstatt mir zu sagen, ich solle es einfach vergessen.

»D-danke!«, stammelte ich. Mehr brachte ich nicht zustande.

Mancini nickte mitfühlend und legte seine Hand auf meine Schulter.

»Sag mir noch eins: Hast du in Chicago jemanden, zu dem du gehen kannst?«

Tommy wollte ich nicht noch tiefer in die Scheiße reiten, also verneinte ich.

»Hast du jemandem von der ganzen Sache erzählt?«

Nur dem dämonischen Meerschweinchen, das in der Gosse wohnte, aber das erwähnte ich besser nicht. Ich schüttelte den Kopf.

Er tappte mir einmal sanft auf die Schulter, als ob er mir Absolution geben wollte. »Gut. Albert!« Mancini machte ein Handzeichen, und der Große Delaguerra nickte ihm vom Fahrersitz zu.

»Die Polizei ist dir auf den Fersen. Das Einzige, das ich dir noch raten kann, ist, die Stadt auf schnellstem Wege zu verlassen. Und wegzubleiben.«

Das Auto kam sanft zum Stillstand. Draußen erkannte ich das Haus meiner Vermieterin.

»Lebwohl, Quin.«

Ich sah ihn verwirrt an. Sein Gesichtsausdruck war friedlich, beinahe versöhnlich. Ich drehte mich zu Frank. Dessen Miene war glatt wie ein Spiegel. »Nett, oder? Mach, dass du wegkommst, du Arschloch, bevor sich's einer von uns anders überlegt.« So emotionslos sein Gesicht auch war, seine Stimme klang gepresst und wütend. Ich konnte mir vorstellen, dass er andere Pläne mit mir hatte, nach allem, was gestern im Club geschehen war. Der Gedanke war genug, um meine Versteinerung zu lösen. Ich kletterte aus dem Auto. Selten hatte sich frische Luft so gut angefühlt. Der alte Sir schloss die Tür, und der Wagen fuhr ohne jede Eile los.

Keine Ahnung was Mancini dabei geritten hatte. Wurde er schon alt und weich? Hatte er mich tatsächlich ins Herz geschlossen? Das passte nicht in mein Bild von ihm, aber schließlich konnte mir sein Motiv auch egal sein. Ich schüttelte mich, wie um aus einem Traum zu erwachen, und rieb mir mit den Händen ein paarmal feste übers Gesicht. Vielleicht lag es am Schlafentzug. Oder am Scotchentzug. Mit Sicherheit am verdammten Zigarettenentzug, aber selbst für mich als Engel wurde die Geschichte immer surrealer.

Letztendlich wurde mir klar, dass ich überlebt hatte, und diesmal sogar ohne einen Kratzer. Ich atmete tief ein und lachte die aufgegangene Sonne an. Mein Grinsen war so breit, dass es fast bis zu meinem Hinterkopf reichte. Dann gefror es.

»Oh, Mist.«

Ich hörte die Sirenen näherkommen.

KAPITEL 11

Ich sprintete zur nächsten Seitenstraße und drückte mich in eine Häuserschlucht. Mein Herz pochte so hart, als wolle es aus meinem Hals springen. In der hintersten Ecke ließ ich mich auf den Boden sinken und drosselte den Atem. Das war's. Ich hatte erreicht, was ich mir vorgenommen hatte, kein Grund mein Glück noch weiter zu strapazieren. Wenn ich mich jetzt aus dem Staub machte, konnte ich mit heiler Haut davonkommen.

Ich musste mich konzentrieren.

Zuerst fokussierte ich mich auf die Zeit. Dann auf den Ort, das erforderte mehr Feingefühl. Aus weiter Ferne hörte ich Reifen quietschen. Noch ein tiefer Atemzug.

Mach's gut, Chicago.

Aurelie hatte viele gute Eigenschaften, doch eine der herausstechendsten war, dass sie nie nachfragte, warum ich immer in derart eigenartigen Aufzügen bei ihr auftauchte. Meistens interessierte es sie ohnehin mehr, mich aus meiner Garderobe herauszuschälen und in ihr Bett zu ziehen.

Ich hatte eine Handvoll sicherer Häfen in der Geschichte. Zeiten und Orte, zu denen ich mich zurückziehen konnte, um wieder Kraft zu tanken. Der ideale Zeitpunkt war immer ein paar Wochen nach meinem letzten Auftreten dort. So konnten sich meine Freunde gebührend über meine Rückkehr freuen, ohne allzu verärgert über meine Abwesenheit zu sein.

Aurelie feierte einige Stunden Wiedersehen mit mir, bevor sie mir etwas Ruhe gönnte. Ich fiel in etwas, das die Menschen einen *seligen Schlaf* nannten. Nach dem Aufwachen war in mir aber so eine Unruhe, dass ich nicht lange liegen bleiben konnte, also lehnte ich Aurelies Vorschlag, den Tag gemütlich in ihrem Haus zu verbringen, ab. Glücklicherweise bewahrte sie meine Kleider und Perücken immer sicher auf. Ich musste mich erst wieder an das Zerren, Drücken und Ziepen des Korsetts, der Unterröcke und Roben gewöhnen. Dafür brauchte ich für meine Schminke und die Haare kaum Hilfe von Aurelies Zofen. Das hatte ich noch drauf, als wäre ich nie weggewesen.

Wir verbrachten den Tag mit Besuchen bei Freunden, Konzerten und massig, massig Essen, was mich mit der Welt wieder ein wenig in Einklang brachte. Der französische Wein tat sein Übriges. Das Paris des 17. Jahrhunderts hatte gewiss seine Schwächen, zur Unterhaltung bot es aber genügend Möglichkeiten. Spätnachts landete ich in Aurelies gemütlichem Bett und zwischen ihren ausladenden Brüsten. Die ganze Zeit hatte ich kein einziges Mal an Chicago gedacht.

Die nächsten Tage verliefen nach demselben Muster. Allerdings schummelten sich ab und zu Erinnerungen in meinen Kopf. Bilder, Gerüche, Geräusche. Das Rattern der vorbeifahrenden Straßenbahnen. Der wohlige Gestank von Fisch, frühmorgens am Lake Michigan. Die Band im Club, wie sie »Bugle Call Rag« von Benny Goodman spielte. Das Augenzwinkern von Tommy, Earl und seine Tuba. Rick.

Es waren nur kurze Momente. Wie ein Blitz, der in mich einschlug und ein Brennen zurückließ. Ich reagierte angemessen darauf: Ich erhöhte meinen Alkoholkonsum, der Schnupftabak erfüllte diesbezüglich auch seinen Zweck. Die Pariser Gesellschaft störte sich daran wenig, genau wie Aurelie, die immer wieder betonte, wie viel Spaß man mit mir haben konnte.

Die Erinnerungen ließen sich aber nicht betäuben. Sie fühlten sich an, als ob jemand mit einem Spielzeughammer auf mein Hirn eindrosch. Das tat nicht wirklich weh, war aber zu präsent, um es ignorieren zu können.

Es waren zwei Wochen vergangen. Als ich aufwachte, drückte sich die Sonne bereits durch die dicken Vorhänge. Ich rollte auf die Seite und kotzte blau in die Schüssel, die die Zofen mittlerweile jeden Abend neben das Bett stellten. Ich nahm an, sie waren es leid, den Teppich zu waschen. Ich betrachtete Aurelie. Sie lag nackt auf dem Rücken, mit leicht geöffnetem Mund, aus dem exquisite kleine Schnarchgeräusche kamen. Sie schlief immer dick zugedeckt ein, doch im Schlaf strampelte sie alles wild von sich, sodass morgens Decken und Polster auf dem ganzen Bett verteilt waren.

Der Spielzeughammer in meinem Kopf verwandelte sich in einen Vorschlaghammer. Ich blinzelte, schüttelte mich. Das waren nicht die Nachwirkungen von meinem Besäufnis der letzten Nacht. Als mir das klar wurde, sog ich scharf die Luft durch meine Zähne ein.

Aurelie lag nackt neben mir. Gänsehaut stellte die feinen Härchen auf ihren Armen auf. Doch sie war nicht ganz unbedeckt. Ein cremefarbenes Kissen lag auf ihrem Venushügel.

So wie bei Rick. Nur war sie nicht tot; sie schnarchte, und ihr Brustkorb bewegte sich. Also, kein Grund zur Aufregung. Wieso wurde meine Unruhe dann immer größer, anstatt abzuebben? Ich wandte den Blick ab und starrte zum Stuck an der Decke.

So wie bei Rick. Nur nicht ganz. Kein Blut, keine Einschusslöcher, keine Augen, die mich vorwurfsvoll anstarrten. Aber diese Abweichungen waren es nicht, die mich stutzig machten. Meine Hand wollte zu dem Schnupftabakdöschen auf dem Nachttisch greifen, doch ich unterband das mit überengelhafter Willenskraft. Ich musste klar bleiben.

Was war der springende Punkt?

Ich drehte den Kopf erneut zur Seite und betrachtete Aurelie, die völlig unbeeindruckt von meinem inneren Aufruhr weiter schnarchte. Wir wachten beinahe jeden Tag so nebeneinander auf. Was brachte mich heute so aus dem Konzept?

Das Kissen, wie es auf ihrem Geschlecht lag. So hatte ich auch Rick vorgefunden, nur gab es einen entscheidenden Unterschied: Das auf Aurelie war unversehrt. Aus dem auf Rick war die Füllung herausgequollen. Als ob ... als ob ihn jemand als Schalldämpfer verwendet hätte.

Bevor es mir bewusst wurde, war ich aus dem Bett gesprungen und ging im Schlafzimmer auf und ab. Ich hämmerte auf meinen Kopf ein, in der Hoffnung, so die Erinnerung klarer zu bekommen. Da passte etwas nicht.

Was hatte Mancini gesagt? Ginto war an der Türschwelle stehengeblieben und hatte einen Schalldämpfer benutzt. Aber wer auch immer Rick auf dem Gewissen hatte, war ins Zimmer gekommen und hatte sich ein Kissen genommen, um den Knall des Schusses abzumildern.

Ich blieb stehen. Ich schwitzte, obwohl meine letzte Mahlzeit schon mehrere Stunden zurücklag. Die vergangenen Wochen schien ich gar nichts anderes mehr zu tun, als zu schwitzen.

Die Unruhe verschwand, der Vorschlaghammer in meinem Kopf hatte aufgehört zu arbeiten.

Die Einschusslöcher in Ricks Brust waren groß gewesen, richtige Krater. So etwas entstand nicht, wenn man mehrere Meter entfernt abdrückte. Der Mörder musste mit dem Polster in der Hand direkt neben dem Bett gestanden haben. Ich erschauerte.

»Mancini hat gelogen«, stellte ich schwach fest.

»Mein Liebling?« Aurelie stützte sich auf ihre Ellenbogen und blinzelte mich verschlafen an.

»Mancini hat gelogen!«, erklärte ich ihr vehement, aber sie lächelte nur und winkte mich zu sich. Sie war es gewohnt, dass ich immer wieder Dinge sagte oder machte, die sie nicht ganz verstand. Die Tatsache, dass sie nicht nachfragte, sondern mich einfach so sein ließ, wie ich war, machte diesen Ort zu so einem perfekten sicheren Hafen.

»Tut mir leid, meine Schöne, ich kann jetzt nicht!«

Sie stülpte die Unterlippe nach vorne und machte ein aufgesetzt trotziges Gesicht. Ich spürte, wie ich schwach wurde. Sicherheitshalber zog ich mir mein Unterkleid über. Wenn ich nackt war, konnte ich nicht so gut denken. Zumindest an etwas anderes als an Aurelies weiche Schenkel und ihren wohlgerundeten Hintern. Ich schüttelte mich wie ein nasser Hund, um diese Gedanken zu verscheuchen, und öffnete die Vorhänge. Das hereinströmende Licht ließ meine Freundin fluchen und sich die Decke über den Kopf ziehen.

Gut, jetzt konnte ich mich wieder konzentrieren. Mancini hatte gelogen. Um mich loszuwerden? Warum mich nicht einfach abknallen? Die Möglichkeit dazu hätte er gehabt. Außerdem passte da noch etwas anderes nicht ins Bild.

Ich lehnte mich an den Fensterrahmen und drückte meine Stirn gegen das Glas. Ich mochte das Frankreich des 17. Jahrhunderts. Es stank wunderbar. Allerdings fehlten mir die Abgase und der Motorenlärm.

Eine Kutsche fuhr gerade aus dem Hof. Die Diener sahen ihr kurz nach, bevor sie wieder ins Haus gingen. Ein Stallbursche trottete hinterher und las die zurückgelassenen Pferdeäpfel mit einer Schaufel auf. Vielleicht machte Aurelies Mann Geschäfte. Vielleicht schickte er gerade seine Mätresse nach Hause. Immer gut, ein Pferd und eine Kutsche bei der Hand zu haben. Für alle Fälle.

Mancinis hübsche Limousine hatte mich vor dem Haus meiner Vermieterin abgepasst. Nur einer wusste, wo ich untergekommen war.

Tommy, mein bester Freund in Chicago.

Ich seufzte, und mein Atem beschlug das Glas. Ich malte ein Herz hinein. »Warum müssen Menschen immer solche Arschlöcher sein?« Weil sie nun mal so waren.

Es half nichts.

»Aurelie!« Ich eilte zum Bett und fand unter der Decke ihre Hand, die ich an meine Wange legte. »Was hast du eigentlich mit den Sachen gemacht, die ich vor zwei Wochen getragen habe?«

Ein grünes Auge erschien unter dem weißen Stoff. »Diese stinkenden, hässlichen Kleider? Ich habe Phillipe gesagt, er soll sie verbrennen. Wieso?«

»Scheiße!«

Ihre andere Hand wanderte unter meinen Unterrock und streichelte meinen Oberschenkel. Ich verteilte kleine Küsse auf der Innenseite ihres Handgelenks und biss zärtlich in die Handfläche. »Ich muss los«, flüsterte ich mehr zu mir als zu ihr.

Sie schnurrte und verlegte ihre Streicheleinheiten auf meinen Oberkörper.

Warum konnte ich es mir nicht einfach gut gehen lassen, so wie Oggi gesagt hatte?

Ich machte ein Geräusch zwischen Stöhnen und Seufzen, zog die Bettdecke von ihrem Kopf und küsste sie. Sie vergrub ihre Finger in meinen Haaren, doch ich löste vorsichtig ihre Hände, während ich mich aufsetzte.

Mit trägem Blick beobachtete sie mich einige Herzschläge lang, bevor sie feststellte: »Du gehst wieder weg.«

Ich nickte. »Nicht für lange. Ich komme wieder, wie immer, mein Schatz!«

»Wie immer, Quin.«

Ich küsste sie erneut, verabschiedete mich knapp und verschwand im Ankleidezimmer.

Ich musste an den Tag zurückkehren, an dem ich weggegangen war. Nachdem mich Mancini aus dem Auto gelassen und ich mich auf der Flucht vor Polizeisirenen von Chicago verabschiedet hatte. Ich wusste, wie gefährlich es war, zu diesem Zeitpunkt zurückzukehren, aber ich konnte nicht riskieren, dass die Fährte kalt wurde.

Fokussieren. Zu früh, und ich rannte den Bullen in die Arme. Zu spät, und die Verantwortlichen wären schon über alle Berge. Oder tot.

KAPITEL 12

Ich hatte zwar erst vor ein paar Minuten gekotzt – oder vor 400 Jahren, je nachdem, wie man es nahm –, aber nach dem wilden Ritt machte ich einen weiteren Versuch. Viel kam nicht dabei heraus, aber es verschaffte etwas Erleichterung.

Ich drückte mich von der Wand ab, taumelte ein paar Schritte zur Seite und plumpste wieder auf den Boden. Das hier war die Häuserschlucht, aus der ich nach Frankreich gereist war. So weit, so gut.

Die Sonne stand hoch am Himmel und strahlte hell und warm. Was ein Glück war, denn ich trug nur ein dünnes, weißes Unterkleid. Mit einem tiefen Ausschnitt, damit mein Dekolletee in einem Korsett schön zur Geltung kommen konnte.

Ich schob mich hoch. Die raue Oberfläche der Wand drückte sich in meinen Rücken. Um wieder Gefühl in die Beine zu bekommen, ging ich ein paar Schritte und bereute sofort meine Impulsivität. Als ich meinen Fuß hob, sah ich das gelbe Rinnsal meine Sohle entlanglaufen. Ich Genie war auf eine Scherbe getreten. Wenigstens Schuhe hätte ich mir in Frankreich noch anziehen können.

Ich spähte um die Ecke. Weiter hinten schleppte eine Frau eine schwere Einkaufstasche, eine andere schob einen großen, quietschenden Kinderwagen die Straße hinunter. Ein Kleinlaster tuckerte vorbei. Hier gab es nur heruntergekommene Wohnhäuser, keine Geschäfte oder Büros. Ich würde es vermutlich bis zum Haus schaffen, ohne dass mich jemand bemerkte und die Männer in weißen Kitteln rief.

Im Zimmer bei meiner Vermieterin hatte ich noch etwas Geld und ein paar Sachen zum Anziehen. Von den zwei Wochen, die ich im Voraus für mein Zimmer bezahlt hatte, war tatsächlich erst ein Tag vergangen. Vielleicht hatte ich Glück und kam unbemerkt hinein.

Humpelnd und mit im Wind wallendem weißen Kleid schlich ich zum Haus. Mein Schlüssel war irgendwo im Frankreich des 17. Jahrhunderts. Ich hatte ihn in meiner Hosentasche gelassen, also vermutlich lag er jetzt auf dem Boden eines Ofens, nachdem Aurelie meine ganze Kleidung hatte verbrennen lassen. Genauso wie jegliches Werkzeug, mit dem ich die Tür knacken könnte.

Eventuell würde ich durch ein Fenster einsteigen oder mein Glück an der Hintertür oder beim Kellerfenster versuchen. Doch erst mal drückte ich die Klinke der Eingangstür. Erleichterung breitete sich in mir aus, als sie aufging. Endlich lief etwas nach Plan.

Ich öffnete die Tür gerade so weit, dass ich mich durchquetschen konnte. Lag es an meinen engelhaften Reflexen oder einer gewissen Vorahnung, was Menschen betraf? Jedenfalls duckte ich mich rechtzeitig. Der Besen knallte gegen die Stelle, an der gerade noch mein Kopf gewesen war.

»Du!« Meine Vermieterin hielt den Besen wie einen Baseballschläger und giftete mich dermaßen an, dass sie einem dämonischen Meerschweinchen alle Ehre gemacht hätte.

»Beruhigen Sie sich, Granny!«

Ich konnte gerade noch die Arme heben, um die volle Wucht ihrer Waffe abzuwehren. Einige Borsten rieselten auf mein Gesicht.

»Wie hast du mich genannt?!« Drohend hob sie den Besen erneut.

»Es tut mir leid!« Ich kniete vor ihr und hob die Hände, um mich vor weiteren Einschlägen zu schützen.

Ich nahm an, dass sie mich erst jetzt genauer betrachtete, denn ihre Augen weiteten sich, und sie machte einen Schritt zurück. Mein Anblick – in dem weißen Büßergewand vor ihr knieend – rührte eventuell ihre christliche Seele. Jedenfalls schlug sie nicht mehr auf mich ein, sondern strafte mich nur noch mit abgrundtief wütenden Blicken.

»Du hast versprochen, keinen Ärger in mein Haus zu bringen.« Ihre Stimme besaß die Art von Ruhe, die einem das Blut in den Adern gefrieren ließ. Ihre Halsschlagader pochte wie eine Schlange, die nur darauf wartete, auf mich loszugehen.

»Ich weiß. Es tut mir leid.«

»In aller Herrgottsfrühe hält so eine Gangsterkutsche vorm Haus – und mir ist egal, wie teuer und schick das Auto aussieht, ich erkenne Gangster, wenn ich sie sehe. Und dann stürmen Polizisten über meinen frisch gewischten Boden!«

»Ich komme für die Unannehmlichkeiten auf!« Unter eine Schublade im Zimmer hatte ich mein letztes Geld geklebt. Es war nicht viel, aber ich würde ihr alles geben.

Sie schnalzte mit der Zunge und wurde lauter: »Was willst du mir zahlen, Kindchen? Das Wasser, das Putzmittel? Meine Nachtruhe, meine Nerven? Mein Gott!« Sie stampfte mit einem Fuß auf und schlug sich mit einer Hand auf den Oberschenkel. Ich kniff kurz die Augen zusammen, unsicher, ob gleich noch ein Hieb auf mir landen würde.

Es war nicht so, dass ich sie nicht überwältigen konnte. Es war auch nicht so, dass ich nicht auf sie losgehen wollte, weil sie eine Frau war. In meiner Zeit auf der Erde hatte ich denkwürdige Schlägereien mit diversen Geschlechtern bestritten. Der Punkt war, dass sie jedes Recht hatte, wütend auf mich zu sein und mich mit einem Besen zu verdreschen. Es kam mir idiotisch vor, es noch einmal zu sagen, aber im Moment fiel mir nichts anderes ein. »Es tut mir leid.«

Aus ihren fest zurückgebunden Haaren hatten sich ein paar Strähnen gelöst. Sie strich sie zurück und blickte zur Decke, während sie stumm den Mund bewegte. Gott, um Kraft anzuflehen, war bei vielen Menschen die gängige Methode mit Stress umzugehen.

Gott hörte sie in den seltensten Fällen.

Die meiste Zeit war Gott damit beschäftigt, neue Wesen zu erschaffen, die besser als die vorherigen waren. »Diesmal werden sie perfekt«, murmelte Gott jedes Mal vor sich hin, wenn noch ein Organ oder ein Körperteil hinzugefügt wurde. Das war bei den N'kops, den Schooms, den Menschen und in unzähligen weiteren Welten so gewesen. Doch letztendlich war Gott nie zufrieden. Irgendwelche Mängel hatten alle Exemplare, weshalb die Schöpfung nie endete. Die Engel waren die Ersten gewesen. Nach unserem Prototyp bastelte Gott die anderen Wesen, fügte nur da etwas hinzu, nahm etwas von dort weg. Wie so ein alter Knacker, der in seinem Keller hockte und an seinem Spielzeug herumhantierte.

Nach dem kurzen Stoßgebet heftete sich ihr Blick wieder auf mich. Sie musterte offensichtlich meinen Aufzug, und ich legte mir schon ein paar Lügen parat, falls sie mich fragen sollte, wieso ich so angezogen war.

»Die Polizei hat mir eingeschärft, anzurufen, falls du hier wieder auftauchst. Nenn mir einen Grund, warum ich das nicht machen sollte.«

»Ich bin kein schlechter Mensch.« Gut, ich war überhaupt kein Mensch, aber das war nicht der Zeitpunkt für Haarspaltereien. »Ich bin in etwas hineingezogen worden, aber ich bin unschuldig. Und der einzige Grund, warum ich zurückgekommen bin anstatt über alle Berge zu sein, ist, dass ich das beweisen will.«

Ihre Miene versprühte wenig Begeisterung. Ich stellte mich wieder auf die Beine und zuckte zusammen, als meine verletzte Sohle belastet wurde.

»Hören Sie zu, Mrs. ...«

»Burgos.«

»Mrs. Burgos. Mir ist klar, dass Sie keinen Grund haben, mir zu glauben oder gar zu vertrauen. Aber ...«

Ich seufzte und suchte die Zimmerdecke nach den richtigen Worten ab. Obwohl ich in den letzten Wochen in Paris mehr geschlafen hatte als in meiner ganzen Zeit in Chicago davor, war ich elendigst erschöpft. Ich könnte es mir irgendwo anders gut gehen lassen, anstatt mir das hier anzutun. Vermutlich hatte Oggi recht. Ich war ein Wappler.

»Aber jemand, der mir wichtig war, ist erschossen worden. Er war ein anständiger Mensch, mit Fehlern vielleicht, aber im Grunde war er warmherzig und witzig und gut. Man hat ihn einfach so im Schlaf abgeknallt. Und dann wollten die es mir in die Schuhe schieben. Und so wie's aussieht, musste jetzt auch ein unschuldiger Kellner daran glauben. Und ...«

Auf der Zimmerdecke fand ich keine Worte mehr, also schüttelte ich hilflos den Kopf und sah ihr in die Augen.

»Ein ... ein Freund hat zu mir gesagt: Gefühle machen nur Scherereien. Und ich weiß, er hat recht. Ich weiß, es wäre leichter, wenn ich es einfach gut sein lassen könnte. Aber ich bin einen verdammt weiten Weg gekommen, um ... um wie ein Mensch leben zu können. Ein normaler Mensch, meine ich natürlich. Jedenfalls, dazu gehören die doch, oder? Gefühle. Ich hab alles hinter mir gelassen, und vermutlich werde ich nie mehr zurückkönnen. Ich kann diese Gefühle nicht einfach abstellen. Ich habe sogar dafür gekämpft, sie haben zu dürfen, verstehen Sie?« Ich spürte Tränen in meinen Augen stechen und lachte verzweifelt. Wie sollte sie dieses wirre Gewäsch begreifen?

»Ich möchte nur schnell in mein Zimmer, mir was zum Anziehen holen, dann bin ich hier weg, und Sie sehen mich nie wieder, okay?«

Mehrere Sekunden lang geschah gar nichts. Mrs. Burgos bewegte keinen Muskel, es war kein Laut zu hören. Für einen Moment dachte ich, die Zeit wäre angehalten worden. Doch dann nickte meine Vermieterin so knapp, so kurz, dass ich es hätte verpassen können, wenn ich nicht so auf sie fixiert gewesen wäre. Um ihre Zustimmung noch zu unterstreichen, machte sie einen Schritt zur Seite und gab den Weg zur Treppe frei.

Ich wartete nicht, bis sie es sich anders überlegte, und humpelte an ihr vorbei. Nachdem ich ein paar Stufen hinter mich gebracht hatte, rief sie: »Hast du noch ein Paar Schuhe?«

Ich hielt inne. Was ich hatte, waren eine alte Hose und ein Unterhemd. Mehr hatte ich bei Tommy nicht zusammengerafft. Mein restliches Zeug war noch in meinem alten Apartment in Pilsen, vermutlich durchwühlt von Cops und bereits weiterverkauft von meinem vorherigen Vermieter.

»Keine Ahnung, was mit deinem Fuß los ist, aber Schuhe könnten nicht schaden, Kindchen. Socken vermutlich auch nicht.«

Ich zuckte mit den Schultern und sagte kleinlaut: »Es wird auch so gehen. Irgendwie.«

Der Schnitt war klein und würde schnell verheilt sein. Trotzdem, ungeschützte Füße waren ein Handicap. Am besten, ich besorgte mir noch Schuhe auf dem Weg. Besorgen bedeutete in dem Fall, ich musste mir welche klauen, denn für ausgedehntes Shopping blieb mir gerade keine Zeit.

»Ich hab noch Sachen von meinem Ex-Mann. Klopf bei mir an, bevor du gehst.«

Ich warf einen Blick zurück, aber ich sah nur noch ihren wehenden Arbeitskittel den Gang entlang verschwinden.

Fünfzehn Minuten später klopfte ich zaghaft an ihre Tür. Ich hatte nur ein paar Hosen und ein Unterhemd auftreiben können, aber immerhin besser als ein weißes Unterkleid. Der Stimmungswechsel meiner Vermieterin hatte mich verunsichert. Keine Ahnung, ob sie mich mit einem Totschläger, in Dessous oder tatsächlich mit ein paar alten Schuhen erwartete. Ich hatte mich noch rasch gewaschen und gekämmt, war also für alle Eventualitäten vorbereitet.

Mit einem Ruck wurde die Tür geöffnet. Sie drückte mir wortlos ein paar ausgelatschte, braune Schuhe in die eine und ein paar dazu passende Socken in die andere Hand. Ich bedankte mich aufrichtig, versicherte ihr, dass sie alles wohlbehalten wiederbekommen würde, und entschuldigte mich erneut für alles. Weil es einfach noch nicht genug Entschuldigungen waren.

Sie nahm meinen Redeschwall still auf, nickte nur. Vielleicht bildete ich es mir ein, aber ihre Miene wirkte nun weicher, ihr Blick nicht mehr so vernichtend. Nach einer gestammelten Verabschiedung zog ich mich auf den Treppenabsatz zurück, um mir Socken und Schuhe anzuziehen. Und mich dabei nicht von ihrer Beobachtung nervös machen zu lassen. Alles war ein wenig zu klein, aber es passte irgendwie. Ich war gerade dabei, die Schnürsenkel zuzubinden, als ihre Stimme die unangenehme Stille durchbrach.

»Wenn du deine Angelegenheiten erledigt hast und einen Platz zum Schlafen brauchst ... Dein Zimmer ist ohnehin schon bezahlt, wollte ich nur damit sagen.« Sie redete Spanisch. Ich fragte mich, ob ihr das bewusst war oder es ihr in manchen Situationen einfach passierte.

Ich sah sie stirnrunzelnd an. Hier in Chicago war keine Zeit vergangen, während ich mich wochenlang in Paris mit Aurelie vergnügt hatte. Natürlich war es eine Tatsache, dass ich mein Zimmer noch knapp 13 Tage gemietet hatte. Ebenso wie es eine Tatsache war, dass sie nach allem, was vorgefallen war, jedes Recht hatte, mein Geld zu behalten und mich rauszuschmeißen.

»Ich kannte jemanden wie dich. Früher. Sie hatte es nicht leicht, weil sie anders war. Die Leute haben das als Bedrohung gesehen. Es ...« Für den Bruchteil einer Sekunde huschte tiefe Traurigkeit über ihre Züge, bevor sie wieder verhärteten. »Sie war eine Freundin.«

Als ob damit alles gesagt wäre, nickte sie mir kurz zu und schloss die Tür.

»Danke«, sagte ich leise, aber ich war mir sicher, dass sie es gehört hatte.

Beim Anblick des Geschlossen–Schildes formte sich ein harter Klumpen in meinem Bauch. Das Donegal's war vormittags nie geschlossen. Um diese Zeit gab es zu viel Kundschaft, und Benji ließ sich nie gutes Geld entgehen.

Ich legte die Handkanten an das spiegelnde Glas und versuchte, drinnen etwas zu erkennen. Die Lichter waren aus, ich konnte keine Bewegung wahrnehmen. Unschlüssig drehte ich mich um und lehnte mich ans Glas. Bis jetzt hatte ich noch gehofft, dass alles, was mir Mancini erzählt hatte, gelogen war. Aber es sah nicht gut aus.

Das Einzige, was ich sicher wusste, war, dass Ginto Rick nicht von der Tür aus mit einem Schalldämpfer erschossen haben konnte. Aber was war mit dem Rest der Geschichte? Hatten sie den schönen Filipino getötet und wenn ja, warum? Vielleicht hatten sie nicht nur den Kellner, sondern auch Benji erledigt. Ein paar Lieferjungen, vollbeladen mit Paketen, drängten an mir vorbei.

Richtig, der Liefereingang.

Mit gesenktem Kopf schlich ich mich in den Hinterhof. Ich warf einen Blick zurück zur Straße, aber niemand beachtete mich. Ich rüttelte einmal an der verschlossenen Tür. Nichts zu machen. Von einem Mülleimer aus konnte ich durch das kleine Küchenfenster linsen, doch ich konnte nichts Ungewöhnliches erkennen. Die Küche war aufgeräumt und sauber.

Es dauerte ein wenig, bis ich zwischen den Mülleimern etwas Brauchbares gefunden hatte. Zwei Drähte, zwar nicht gleich lang oder dick, dafür biegsam. Ich kniete mich vor das Schloss und begann mit meiner Arbeit.

»Scheiß' mich an! Du Gurk'n kannst das echt!«

Vor Schreck ließ ich mein Werkzeug fallen.

»Was zur Hölle treibst du hier?«

»Was zum Himmel treibst *du* hier?« Oggi ließ eine Reihe von Fürzen auf die Frage folgen.

Dem Verlangen, »Ich hab zuerst gefragt!« zu sagen, gab ich nicht nach, stattdessen sah ich ihn mit einem durchdringenden, autoritären Blick an. Ich nahm an, dass er das Gleiche versuchte, so intensiv, wie er mich anstarrte. Allerdings war das bei seinen großen Kulleraugen und den langen Wimpern schwer festzustellen.

Schließlich wurde ich mir der Sinnlosigkeit eines Nicht-Blinzeln-Wettbewerbs mit einem Meerschweinchen bewusst und gab klein bei.

»Ich wollte nach Benji sehen. Dem Besitzer hier.«

Ich setzte mich und lehnte mich mit dem Rücken gegen die Tür. Die Küche des Donegal's war kalt, doch die mir so vertrauten Düfte lagen noch in der Luft. Als ob sich der Geruch von Apfelkuchen, Burger und Eintopf in die Ziegel des Hauses eingebrannt hätte. Es fühlte sich falsch an, hier im Hinterhof zu hocken, statt auf einer der abgewetzten Bänke im Diner.

»Da hast Pech g'habt, du Oaschloch!« Seine entzückenden Beleidigungen klangen wie immer, doch sein Knurren war noch feindseliger als sonst. Ich betrachtete ihn genauer. Sein Fell sah eigenartig aus, es glänzte feucht und klebte an einigen Stellen aneinander. Unter dem gewohnten Gestank nach Fürzen, der ihn ständig umwehte, lag noch etwas anderes, das mir entfernt bekannt vorkam. Mir fiel nur nicht ein, was es war.

»Willst du mir verraten, was einen bösartigen Dämon in diese nette Gegend verschlagen hat?«

Ich hatte auf ein Schmunzeln seinerseits gehofft, doch er starrte mich noch einige Momente länger an, bevor er sich abwandte.

»Ich wollt halt schau'n, ob da was dran ist. Dass der alte Knacker ein durchgeknallter Mörder ist, verstehst', du Hiasl?« Er kratzte mit der Pfote an einem Schmutzfleck auf dem Asphalt und zuckte ein paar Mal mit seinem Näschen. »Ich wollt auch schau'n, wie das Essen da ist. War gestern noch so fuchsteufelswild, konnt' nimma schlafen.«

Ich stutzte.

Bevor ich fragen konnte, was ihn so *fuchsteufelswild* gemacht hatte, fiel es mir wieder ein, und ich biss mir auf die Zunge.

Für mich war es ein paar Wochen her, aber für ihn war unser Streit erst gestern gewesen. Wenn man es genau nahm, sogar erst heute in der Früh. Ich konnte mich kaum noch erinnern, worum es gegangen war. Außer dass ich aus der Haut gefahren war und gedroht hatte, auf ihn draufzutreten.

»Es tut mir leid.«

Er hob sein Köpfchen langsam und sah mich fassungslos an. Der Blick erinnerte mich an unsere erste Begegnung, als er mich gefragt hatte, ob ich ihn tatsächlich hören konnte. Ich nahm an, dass ein Dämon in Form eines Meerschweinchens, das auf den Straßen Chicagos sein Dasein fristete, noch nicht oft eine Entschuldigung gehört hatte.

»Ich habe mich wie ein Arsch aufgeführt. Und ich habe mich nicht einmal für deine Hilfe bedankt. Also: Danke!«

Ich rieb mir kräftig übers Gesicht und fuhr durch meine Haare. Ginto war vielleicht tot, Benji verschwunden, und Tommy hing irgendwie in der ganzen Sache mit drin. Darüber hinaus war ein Meerschweinchen sauer auf mich. Und ich hatte das ganz vergessen, weil ich in eine andere Zeit abgehauen war.

War das immer so? Hinterließ ich immer einen Scherbenhaufen, wenn ich mich aus dem Staub machte? Ohne auch nur einen Gedanken an meine Freunde zu verschwenden, die ich zurückließ?

»Guat. Is angenommen.«

Ich nickte bedächtig. Dann erzählte ich ihm von der Autofahrt mit Mancini und meinem Abstecher nach Frankreich.

»Ja. Des könnt' hinkommen.«

Er trippelte näher, fuhr sich mit der Zunge über die Schneidezähne und berichtete mir dann nach und nach, was er wusste.

Er war ganz in der Früh hier angekommen und durch ein Loch in der Wand ins Lokal geschlupft. Irgendwas hatte in der Luft gelegen. Nicht nur das Schießpulver, das er noch hatte riechen können. Sondern auch die Angst von den drei Angestellten, die sich in eine Ecke gedrängelt hatten. Sie waren viel zu sehr mit sich selbst beschäftigt gewesen, um Oggis Anwesenheit wahrzunehmen. Ein schmächtiger Tellerwäscher hatte ununterbrochen gewimmert. Eine Frau in Kellnerinnenuniform und mit einer Zigarette zwischen den Fingern hatte das mit dem gezischten Satz unterbunden: »Halt's Maul oder willst du, dass die dich zum Schweigen bringen?«

Oggi hatte ein paar Satzfetzen hören können, während er sich über Gemüsereste hergemacht hatte. Demnach hatten die Anwesenden nicht wirklich gewusst, was gerade passierte, waren sich aber einig gewesen, dass es mit Benjis Wettschulden bei den Italienern zu tun hatte.

»Benji ist der Besitzer.«

»Das is ma auch klar, du Blitzgneißer!«

Den Mitarbeitern war am Vortag gesagt worden, dass sie wie gewohnt zur Arbeit im Diner erscheinen konnten, wenn sie sich ruhig verhielten und abwarteten. Sie hatten sich dann nur wiederholt gewundert, wo ein gewisser *Schinto* blieb.

»Ginto«, verbesserte ich ihn müde.

»Mir wurscht.«

Oggi hatte sich noch an ein bisschen Brot gestärkt, bevor er leise in den vorderen Teil des Diners getrippelt war. Dort war ein alter Kerl gehockt, dessen Gesicht genauso grau war wie seine Haare. Umringt von ein paar Schlägern und einem feinen Pinkel mit Gamaschen und vielen Ringen an den Fingern.

»Frank«, murmelte ich grimmig.

Oggi hatte sich nicht weiter in den Raum hineingetraut. Der Boden hatte nach scharfem Putzmittel gestunken, doch der Geruch von Blut hatte unverkennbar darunter gelegen. Der feine Pinkel hatte seine Taschenuhr aus der Weste geholt, gelangweilt darauf geblickt und mit näselnder Stimme erklärt, dass Benji sich nicht so anstellen sollte. Wenn er das Ding in der First National erledigen würde, konnte alles seinen gewohnten Lauf nehmen, und es müsste nicht noch jemand zu Schaden kommen.

Oggi war dann zurück in die Küche geschlichen. Auf einer Ablage hatten ein paar Suppenschüsseln gestanden, dem Geruch nach noch nicht ganz leer. Als geübter Futterdieb war es für ihn ein Kinderspiel gewesen, einen Weg hinauf zu finden. Als er mir jede Etappe über Hocker, Kochtöpfe und Besen im Detail erklären wollte, unterbrach ich ihn: »Und bei der ganzen Aktion hat dich keiner gesehen?«

»Ich sag' da, ich glaub' sogar, dass einer der Burschen zu mir rüberg'schaut hat, aber die hatten im Moment ganz and're Probleme.«

Er hatte schon einiges geschlürft, als die Angestellten im Chor nach Luft geschnappt hatten. Die Hintertür war einen Spalt aufgegangen, und eine Frau hatte den Kopf hereingesteckt. Sie hatte erklärt, dass sie unbedingt ein Frühstück wollte und beim Vordereingang nicht hineingekommen war. Ihr Auftreten hatte in keiner Weise überrascht oder womöglich ängstlich gewirkt. Mit ihrer tiefen, rauchigen Stimme hatte sie die Kellnerin gefragt, ob sie sich an sie erinnern konnte, denn sie sei schon ein paar Mal hier gewesen.

»Warte mal!« Mein Hirn arbeitete auf Hochtouren, um die Informationen, die mir das Meerschweinchen lieferte, zu verarbeiten. Aber dieses Intermezzo ließ mich besonders aufhorchen. Normalerweise bemühten sich Gäste nicht zur Küchentür, wenn ein Diner geschlossen war. So herausragend war Benjis Essen auch wieder nicht.

»Wie sah die Frau aus?«

»Naja, viel hab ich nicht g'sehn. Aber sie war schon fesch. Rote Haare, Hut, Anzug – hat nach Blumen gerochen.«

Konnte das meine mysteriöse Schönheit vom Pokerspiel im Club Venice sein? Seitdem war so viel geschehen, dass ich kaum noch an sie gedacht hatte. Aber die Erinnerung an ihren Kuss klebte noch an meinen Lippen. Automatisch fasste ich mir an die Stelle, an der meine Brusttasche sein sollte. Den Zettel, den sie mir zugesteckt hatte, hatte ich nicht mehr lesen können. Der war nie aus Frankreich zurückgekommen.

»Und erinnerte sich die Kellnerin an sie?«

Laut Oggi hatte sie sich tatsächlich erinnert, allerdings war sie viel zu erpicht darauf gewesen, die Schönheit aus der Tür zu schieben. Die Rothaarige war aber hartnäckig geblieben und hatte sowohl nach einem Kaffee als auch nach Benji verlangt. Sie hatte immer wieder beteuert, dass er sie kannte. Schließlich hatte sie die Kellnerin gebeten, ihm auszurichten, dass er sich unbedingt bei *Kate* melden sollte.

»Kate ...« Bei dem Namen klingelten keine Glocken bei mir.

»Ja. Jedenfalls ... Dann ist alles recht schnell gegangen, und ich hab mich über'd Häuser hauen müssen.«

Ich sah ihn einen Moment lang an, bevor ich sagte: »Präzisier das bitte.«

Oggi hatte bemerkt, dass sich jemand vom Gastraum aus genähert hatte. Die Menschen in der Küche waren ahnungslos gewesen, also hatte er beschlossen, ein Ablenkungsmanöver zu starten. Er war auf den Rand der Suppenschüssel gesprungen, die zuerst ihren Inhalt auf ihn ergossen hatte und dann lautstark auf den Boden geknallt war. Die Angestellten hatten geschrien, einer der Schlägertypen war mit gezückter Waffe im Durchgang gestanden, und die rothaarige Frau war verschwunden. Glücklicherweise hatte sie die Tür nicht ganz geschlossen, denn unter Kreischen und Fluchen hatte sich Oggi aus dem Staub machen müssen, um nicht als Fleischeinlage zu enden.

»Das ist es! Du riechst nach Benjis Eintopf!«

»Net schlecht, für eine Menschennase.«

»Engelnase.«

»Mir wurscht. Jetzt muss ich gacken.«

Ohne ein weiteres Wort verschwand er auf der gegenüberliegenden Seite hinter einem Karton. In meinem Kopf drehte sich alles, und ich versuchte, meine Gedanken zu ordnen.

Okay, Frank war bei Benji gewesen, das Blut auf dem Boden deutete auf eine Leiche hin – aber hatte es wirklich Ginto getroffen? Und wie spielte die rothaarige Frau in der Sache mit?

Und dann die Bemerkung mit der First National.

»Oggi!«

»Hey, bissl Privatsphäre, du Wappler! Und ich heiße Oqualorak!«

»Was ist dann passiert? Wann sind sie weg?«

Ein paar Flüche, dann antwortete er. »Die sind alle so vor einer halben Stunde 'gangen. Z'erst der Alte und der feine Pinkel, dann die Schläger und das Personal. War recht fad, der Abgang. Unspektakulär.«

»Hast du noch was gehört? Von Frank oder Benji?«

Das Meerschweinchen trottete hinter dem Karton hervor und schüttelte sich. »Der Alte hat nie das Maul aufg' macht. Der feine Pinkel mit der Taschenuhr hat sowas g' sagt wie: *Stell dich nicht so an, du musst eh nur im Auto sitzen.* Oder so.«

Also hatten sie vor, Benji als Fluchtfahrer einzusetzen. Nur dabei musste man im Auto sitzen bleiben, während Revolverhelden den Job in der Bank erledigten. Vor einer halben Stunde. Richtung First National.

Ich rannte los und rief über die Schulter: »Okay! Danke!«

»Wart amal!«

Widerwillig bremste ich ab und wartete auf das Fell-knäuel, das mir keuchend nachgaloppierte. »Ich muss los! Vielleicht kann ich noch das Schlimmste verhindern.«

»Und des war's? Du haust einfach so wieder ab?«

Meine Beine drängten fort, doch ich zwang mich, durchzuatmen. Ich hockte mich zu ihm, wollte ihm über den Kopf streicheln oder am breiten Hintern kraulen, um ihm zu zeigen, dass alles gut werden würde. Stattdessen antwortete ich, so aufrichtig ich konnte: »Wenn ich das hier überlebe, komme ich zu deinem Schlafplatz hinter dem Club und erzähl dir, was passiert ist. Versprochen!«

Nach ein paar schnellen Nagetier-Herzschlägen nickte er knapp und gab mir damit die Erlaubnis loszulaufen.

KAPITEL 13

In der Innenstadt bekam man schnell Nackenstarre. Man konnte gar nicht anders, als die mächtigen Hochhäuser zu bestaunen. Hier herrschte immer reges Treiben: Die Straßen waren voller Autos, die Gehwege überfüllt von Menschen in Anzügen mit Aktentaschen. Ich kannte die First National. Es war ein eindrucksvolles Eckgebäude, das über mehrere Stockwerke in den Himmel ragte.

Bei dieser Bank irgendwelche krummen Dinger zu drehen, war schierer Wahnsinn. Abgesehen von den zahlreichen Sicherheitsleuten, die dort arbeiteten, waren hier immer Polizisten in der Nähe. Außerdem war es praktisch unmöglich, ungesehen zu entkommen. Wer auch immer diesen Ort als Zielobjekt ausgesucht hatte, musste ein kompletter Narr sein. Oder er legte es darauf an, erwischt zu werden.

Meine Ohren dröhnten, mein Atem brannte im Hals. Einen Block entfernt wurde mir klar, dass ich zu spät kam. Ich hörte Sirenen und Schüsse. Kreischende Frauen rannten mir entgegen, ihre Hüte festhaltend. Ich beschleunigte meinen Schritt und bog um die Ecke. Es herrschte Chaos. Ein paar Autos fuhren im Zickzack über die Straße und hupten. Für einen Moment hoffte ich, Benji dabei zu erkennen, aber es waren nur Fremde mit schreckverzerrtem Gesicht, die dem Wahnsinn zu entkommen versuchten.

Aus der Ferne konnte ich jemanden vor der Bank liegen sehen, zwei Polizeiwagen standen quer auf der Straße. Dahinter war eine Handvoll Beamte verschanzt, die mit ihren Pistolen nach vorne feuerten. Ich blieb auf der gegenüberliegenden Seite der Bank stehen und hielt mich keuchend an einer Hauswand fest. Hinter den mächtigen

Steinsäulen des Eingangs waren zwei maskierte Männer, die immer wieder auf die Polizisten schossen und dann in Deckung gingen. Der Geruch von Schießpulver lag in der Luft. Ich drückte mich an die Wand und wagte mich näher. Die Glastüren der Bank waren zerbrochen, die Splitter bedeckten einen Mann, der bewegungslos darunter lag. Es wirkte, als würde er eine Uniform tragen, allerdings keine von den Bullen.

Die Polizisten und die Maskierten brüllten sich gegenseitig an, wobei ich bezweifelte, dass jemand etwas verstehen konnte. Der Gehsteig war menschenleer, doch aus den Geschäften und Imbissen der gegenüberliegenden Seiten starrten mehrere Gesichter heraus – mit plattgedrückten Nasen und sensationsgeilen Blicken.

Wenn Benji wirklich der Fahrer war, musste er woanders zu finden sein. Die Autos, die auf dieser Seite der Bank parkten, waren alle leer, manche hatten Einschusslöcher. So bald würde keiner mehr so dumm sein, sein Auto vor einer Bank abzustellen.

Von hinten ertönten weitere Schüsse und ein Krachen.

Ich zog den Kopf ein und begann zu laufen. Als ich die Polizeiautos passierte, wurden die Schreie der Bullen energischer, doch ich konnte kein Wort verstehen. Ich steuerte nicht auf den Eingang der Bank zu, also hoffte ich, dass sowohl die Gangster als auch die Gesetzeshüter darauf verzichten würden, auf mich zu schießen. Über mir knallte es, und Verputz bröselte auf meinen nackten Kopf. Ich beschleunigte und unterdrückte das Bedürfnis, dem Schützen meinen Mittelfinger entgegenzustrecken.

Endlich war ich raus aus der Schusslinie. Sogar unversehrt. Unmittelbar vor mir krachte es erneut. Ein bildhübscher Studebaker stand mit eingedrücktem Grill und zerborstenen Scheinwerfern gegen eine verbogene Straßenlaterne gedrückt. Der Motor lief. Ein paar Meter dahinter konnte ich hektische Bewegungen ausmachen. Menschen rannten, Autos kamen quietschend zum Stehen. Aus dem Studebaker wurde ein Schuss abgefeuert. Instinktiv zog ich den Kopf wieder ein. Ich pirschte mich näher an das Auto heran und konnte eine gedrungene Gestalt mit weißem Haar auf dem Fahrersitz entdecken. Benji.

Markerschütterndes Kreischen hinter mir. Darauf folgte Totenstille. »Ihr beschissenen Bullenschweine! Dafür werdet ihr bezahlen«, brüllte jemand. Dann fingen die Schüsse wieder an, nur in rascherer Abfolge.

Ich machte einen Hechtsprung zur Autotür und riss sie auf. Benji fuhr herum und schoss. Reflexartig hielt ich den Atem an und schloss die Augen.

Von den zahlreichen Möglichkeiten, auf der Erde zu sterben, gehörte diese sicherlich zu den albernsten. Nicht so wie beim Paragleiten abzustürzen. Oder auf dem Scheiterhaufen als Hexe verbrannt zu werden. *Das* waren gute Geschichten, die man in der Hölle erzählen konnte, während man gefoltert wurde. Aber ein Schuss, der sich löste, weil man einen alten Mann erschreckt hatte? Peinlich.

Mein rechtes Ohr wurde heiß und hinter mir klirrte das Beifahrerfenster. Ich riss die Augen wieder auf. Benji wedelte panisch mit seiner 38er vor mir herum und japste: »Quin! Quin, waaas ...«

Ich packte seinen Hinterkopf und drückte ihn hinunter. Im selben Moment durchschlugen mehrere Kugeln das Auto. Benjis Kanone ging erneut los, und ich fluchte hingebungsvoll. Da gerade permanent Glas zersplitterte, konnte ich nicht sicher sein, aber ich nahm an, dass nun auch die Straßenlaterne über uns explodierte.

Als das Knallen aufhörte, griff ich nach Benjis Gürtel und zog ihn vom Fahrersitz herunter. Ich schob mich hinters Lenkrad und legte den Rückwärtsgang ein. Der Motor heulte auf, es krachte und quietschte. Nach ein paar angsteinflößenden Sekunden, in denen die Räder durchdrehten und beißender Gummigestank durch den Innenraum trieb, bewegte sich der Studebaker. Er schoss nach hinten und knallte in ein parkendes Auto auf der anderen Straßenseite. Die Schüsse hatten aufgehört. Vielleicht waren die Kugeln alle, vielleicht wurde nachgeladen, vielleicht hatte aber auch mein plötzliches Auftreten für Überraschung gesorgt. Ich sann der Frage nicht länger nach, sondern begrüßte den Moment, in dem gerade niemand versuchte, mich umzubringen.

Nach zwei Anläufen legte ich ruckelnd den ersten Gang ein und presste meinen Fuß bis zum Anschlag auf das Gaspedal. Das Auto sprang vor, wie ein Rennpferd, das aus der Startbox entlassen wurde. Ich raste von der Bank weg. Vor uns standen breitbeinig zwei Männer mit Hüten und langen Mänteln auf der Straße. Der eine schob gerade Munition in seine Kanone, doch es war der andere, der meinen Fuß auf dem Gaspedal noch schwerer werden ließ. Es lag nicht nur daran, dass er mir verdammt bekannt vorkam. Viel mehr lag es an der entzückend handlichen Maschinenpistole, die er im Anschlag hielt.

Der Studebaker war nur ein paar Meter von ihm entfernt, als er wieder zu schießen begann. Ich kreischte »Runter!«, was nicht nötig war, da Benji ohnehin nur zusammengekauert auf dem Beifahrersitz lag. Die Überreste der Frontscheibe zerbarsten. Als eine Kugel meine Schulter durchbohrte, wurde ich im Sitz nach hinten geworfen. Mit eiserner Verzweiflung und genügend Wut im Bauch umklammerte ich das Lenkrad und steuerte mit Vollgas auf die beiden Männer zu. Sie sprangen im letzten Moment zur Seite, und ich bedauerte, sie nicht unter diesem prächtigen Wagen begraben zu haben.

Mit quietschenden Reifen bog ich in die nächste Straße ein. Durch die gebrochene Windschutzscheibe strömte beißender Rauch aus der Motorhaube. In meinen Ohren dröhnte es, an meinem Hals rann heißes Blut hinunter. Die Wunde in der Schulter pochte, und ich hatte Schwierigkeiten, den linken Arm oben zu halten.

»Alles okay, Benji?« Ich brüllte immer noch, obwohl wir längst aus dem Kugelhagel draußen waren. Ich hörte nur Stöhnen und erkannte eine minimale Bewegung aus meinem Augenwinkel. Dieser Nachweis seiner Lebendigkeit reichte mir fürs Erste.

Mehrere Polizeisirenen ertönten. Ich konnte nicht genau sagen, woher sie kamen, aber sie waren nicht vor mir. Ich überholte ein paar Autos und bog scharf links ab. Vor mir tauchte eine Straßenbahn auf. Ich sah noch die aufgerissenen Augen des Fahrers und nahm das schrille Bimmeln der Glocke wahr, bevor ich den Wagen herumriss und auf der Gegenfahrbahn weiter raste. Die entgegenkommenden Autos wichen mir dankenswerterweise aus, bis ich die nächste Straße rechts nahm.

Ich lockerte meinen Gasfuß und ordnete mich in den regulären Verkehr ein. Der gute, alte Studebaker schlingerte ein wenig und bewegte sich nur noch schleppend voran. Dafür, dass er sich mit einer Maschinenpistole angelegt hatte, hielt er sich aber prächtig. Ich lenkte ihn etwas vorsichtiger wieder nach links in die nächste Querstraße. Eine der unwiderlegbaren Schönheiten dieser Stadt lag in dem Schachbrettmuster, in dem sie angeordnet war. So-

lange ich wusste, in welche Himmelsrichtung ich ungefähr wollte, konnte ich mich nicht verfahren. Und es war
glücklicherweise nicht mehr weit.

KAPITEL 14

Das Sirenengeheul war hinter mir zurückgeblieben, als ich von einer Nebenfahrbahn auf einen nicht asphaltierten Weg neben dem Chicago River bog. Mein altes Appartement in Pilsen war nicht weit. Ich kannte die Ecke hier. Ein Haufen Bäume, unterbrochen von ein paar Lagerplätzen, weiter hinten gab es eine Eisenbahnbrücke. An diese Stelle des Wassers verirrten sich höchstens Junkies und Obdachlose.

Ich fuhr den keuchenden Studebaker zwischen die Bäume, entschuldigte mich bei den Pflanzen, die ich dabei niederwalzte und brachte den Wagen zum Stehen. Laut stöhnend atmete ich aus und ließ den Kopf zurücksinken. Soweit ich das überblicken konnte, hatte Benji niemanden erschossen und ich niemanden überfahren. Die Bullen würden sich in erster Linie mit den beiden Revolverhelden vor der Bank auseinandersetzen.

Vorsichtig führte ich die Hand an meine rechte Schulter und zuckte vor Schmerz zusammen. Nur noch ein paar Augenblicke Ruhe. Dann würde ich nachsehen, ob die Kugel durch mich durchgegangen war oder in mir steckte. Es schüttelte mich bei den Gedanken, und das wiederum jagte eine neue Welle Schmerz durch meinen Körper.

Den Bullen mit dem Maschinengewehr kannte ich. Es hatte die Fahrt über gedauert, bis meinem Hirn klar wurde, woher: Es war der Kerl, der im Club an der Bar gesessen und mit Joe, dem Barkeeper, gesprochen hatte. Kurz bevor ich in mein Scharmützel mit dem Zigarettenmädchen gestolpert war. Den verdammten braunen Anzug trug er sogar heute wieder, nur die schokoladefarbene Zigarette hatte nicht zwischen seinen Fingern geklemmt.

Aber nicht nur das: Er war einer der beiden Cops in Zivil gewesen, die nach Ricks Tod die Treppe hochmarschiert waren. Kaum zu glauben, dass das alles eigentlich erst gestern geschehen war. Jedenfalls für diejenigen unter uns, die kein kleines Intermezzo in Paris genossen hatten.

Was für eine Scheiße lief hier eigentlich?

Ein Ächzen ließ mich die Augen öffnen. Benji hatte sich mittlerweile aufgesetzt. Schweiß rann an den Seiten seines Gesichts herunter, er war leichenblass und atmete schwer. Ich war zwar mit einem Affenzahn durch Chicago gejagt, doch diese Reaktion war ein wenig übertrieben.

»Benji. Wie gehts dir so, Kumpel?«

Seine Mundwinkel zuckten, und er schluckte zweimal, ehe er antwortete: »Ich fühl mich nicht so guuut. Irgendwie müüüde.« Er keuchte und presste die Augen zusammen.

Ich senkte meinen Blick. Er hatte die Hände auf seinen Bauch gepresste. Zwischen den Fingern quoll Blut hervor. Viel zu viel Blut.

Ich setzte mich ruckartig auf und biss die Zähne zusammen, um nicht vor Schmerz zu schreien. Meine Schulter fühlte sich an, als ob jemand einen Speer mit gezackter Spitze hineinstoßen würde. Da mir das einmal bei den Franken im sechsten Jahrhundert passiert war, wusste ich, wovon ich sprach.

Ich drehte mich umständlich im Sitz um. Kein Einschussloch in der Polsterung. Die Kugel steckte also noch in mir. Mist. Damit würde ich mich später befassen müssen.

»Benji, was ...«

Vorsichtig schob ich seine Hände von seinem Bauch. Das Loch klaffte weit auf, das Blut sprudelte wie aus einem Zierbrunnen heraus. Das war viel zu groß, um von einer wenige Meter entfernten Maschinenpistole zu stammen. Im Fußraum lag die 38er, mit der er mich vorher fast erwischt hatte. Er hatte sich selbst angeschossen.

»Oh, verdammt, Benji.«

»Du siiiiehst auch nicht gerade prickelnd aus, Quin.« Er gab gurgelnde Geräusche von sich, die wohl als Lachen gedacht waren. Doch seine Augen waren matt und traurig.

Ich warf einen Blick auf die Rückbank und griff nach einem Stofffetzen, der dort lag. Bei genauerer Betrachtung entpuppte er sich als eine Art Kapuze mit zwei Augenlöchern. »Wieso hast du die nicht getragen, Benji?« Nicht, dass es jetzt noch einen Unterschied gemacht hätte.

Er streifte das Ding nur für einen Moment mit den Augen und starrte dann aus der nicht mehr vorhandenen Windschutzscheibe. »Ich dachte, das wär eine guuute Idee. Aber ich hab da nicht gut raussehen können, verstehst du?«

Ich drückte den Fetzen auf seine Wunde und befahl ihm, den Druck aufrechtzuerhalten. Er nickte kaum wahrnehmbar.

»Keine Sorge, mein Alter. Ich bring dich ins Krankenhaus.«

Ich startete das Auto, doch der Studebaker gab nur ächzende Geräusche von sich. »Komm schon, komm schon!« Ich versuchte es erneut, zweimal, dreimal. Ich legte einen Gang ein und kuppelte dann wieder aus. Ignorierte meine Schulter und umklammerte mit beiden Händen das Lenkrad, als ob ich das Gefährt so besser zur Mithilfe bewegen konnte. »Komm schon du verficktes, gottv...« Ich biss mir auf die Lippen, bis ich salziges Blut schmeckte. Mein Blick fiel auf die Tankanzeige. Leer. Auf der Flucht war sie noch halb voll gewesen. Vermutlich hatte eine Kugel ein Leck verursacht, und wir hatten den ganzen Weg über eine Benzinspur hinter uns gezogen. Wie die verdammten Hänsel und Gretel.

Ich schlug auf das Lenkrad ein, hämmerte auf das Armaturenbrett und schrie vor Frustration.

»Halb so wild, Quin. Halb so wiiiild.«

Benjis Hände waren auf die Seite gerutscht. Ich griff mir das bereits blutdurchtränkte Tuch und drückte es wieder auf seinen Bauch. »Gut. Plan B. Wir gehen zu Fuß. Ich ... Ich trage dich einfach!«

Seine buschigen Augenbrauen wanderten nach oben, und er lächelte. Lächelte breit und schüttelte sacht den Kopf. Ich hatte uns mitten in die Pampa verfrachtet. Das nächste Krankenhaus war Meilen entfernt. Selbst wenn sich irgendwo auf dem Weg ein Arzt befinden würde, mit der Kugel in meiner Schulter würde ich Benji nicht weit schleppen können.

Benji starrte nach draußen vor uns und machte eine sachte Bewegung mit dem Kinn in die Richtung. »Es ist schööön hier. Die Bäume, das Grün ... ich glaube, ich höre Wasser rauschen ... «

Seine Stimme war leise, aber fest. Er versuchte, sich aufzurichten, und ich rutschte näher, um ihn zu stützen.

»Das Ganze tut mir leid, Quin. Nicht daaas.« Er machte eine hilflose Geste zu seinem Körper. »Die Sache mit Rick. Und mit dir. Sie ... Sie haben gesagt, ich würde dich nie wieder zu Gesicht kriegen. Ich dachte, sie hätten dich auch erledigt.«

»Es tut mir auch leid. Sie haben Ginto umgebracht, nicht wahr?« Meine Stimme klang fremd, als ob ich sie durch eine Wand hören würde. Mein Atem wurde ruhiger. Das Dröhnen in den Ohren verschwand langsam, und ich hörte das Rascheln der Blätter im Wind. Der Geruch von Wasser und Erde verdrängte den Gestank des rauchenden Autos.

»Frank meinte, ich plappere zu viiiiel. Er war ... ungehalten darüber.«

»Mancini hat mir erzählt, dass Ginto Rick auf dem Gewissen hat und sie ihn deswegen kalt gemacht haben.«

Benjis Blick schoss zu mir. Durch die Blätter der Bäume fiel die Sonne auf sein Gesicht, dadurch wurden seine blauen Augen noch blasser. Seine Pupillen waren so zusammengezogen, dass man nur noch einen kleinen Punkt erahnen konnte.

»Das ist Bockmist. Kompletter Uuunsinn!« Er hob den Kopf, rötlicher Speichel rann aus seinem Mundwinkel.

»Ich verstehe. Ich glaube dir. Was ist passiert?«

Er betrachtete mich noch für einige Momente, ehe er in die Ferne schaute. »Ginto gefiel es nicht, wie Frank mit mir umsprang. Er ... hatte keine Chaaaance gegen das Pack.«

Sein Gesicht zog sich schmerzerfüllt zusammen, doch ich wusste, es lag nicht an der Schusswunde.

Benji war kein Heiliger. Sein Geld floss eher an Buchmacher als an seine Angestellten. Doch er kümmerte sich um seine Leute, so gut er konnte. Gintos Mutter war zurück auf die Philippinen gegangen, als er sechzehn war. Seitdem hatte er ein neues Zuhause bei Benji gefunden, der alte Mann war zu seinem Ersatzvater geworden. Natürlich hatte sich Ginto vor ihn gestellt, als Benji in Gefahr war. Und ein Arschloch wie Frank hatte das als Einladung gesehen, noch mehr Unheil anzurichten.

»Das mit Ginto sollte ich als letzte Warnung seeehen. Ich sollte die Klappe halten und das Ding durchziehen. Dann würden sie mich in Ruhe lassen. Keine Schulden meeehr. Keine Wetten meeehr. Einfach nur das Auto fahren. Eine sichere Sache.«

»Eine sichere Sache«, murmelte ich und verkniff mir ein verzweifeltes Lachen. Benji hustete schwach und leckte sich über die Lippen. »Aber ich dachte, ich wär clever, wenn ich ne Kapuuuze mitnehme.« Er lachte und keuchte noch mehr. »Aber ... aber da war was nicht koscher. Die drei waren keine zwei Minuten in der Baaank, da kamen schon die Bullen angerauscht, mit den Knarren im Anschlag.« Er kniff die Augen zusammen und stöhnte. Schwach schob sich seine Hand auf meine. »Ich dachte noch, ich komme davooon. Sie haben mich nicht beachtet, und ich bin langsam in die andere Richtung weggefahren. Aber dann waren da diese zwei Typen. Als ob sie auf mich gewartet hätten.«

»Ich denke, genau das haben sie getan, mein Freund«, flüsterte ich. Benji nickte mit geschlossenen Augen. Sein Atem wurde flacher. Da gab's noch eine große Unbekannte in der Gleichung. Eine, die gut küsste und bei der vermutlich einige der losen Fäden zusammenliefen.

»Benji, war bei dir mal eine Rothaarige, so um die 40? Eine Schönheit. Trägt enge Anzüge. Sie nennt sich Kate.«

Ein Grinsen breitete sich auf seinem Gesicht aus. Seine Zähne waren rötlich verfärbt.

»Ojaaa«, sagte er. »Die könnt ich nicht vergessen. War paar Mal da. Hat nett mit mir geplaudert.«

»Weißt du, wer sie ist?«

»Zuerst dachte ich, siiie wär ein Cop. Aber ... irgendwie hat das nicht gepasst, weißt duuu? Sie kannte Rick. Irgendwie. Sie wollte mehr wissen, üüüber das Wetten. Und die Mancinis.«

»Wie solltest du Kontakt mit ihr aufnehmen? Im Diner konntet ihr ja schwer über sowas reden?«

»Ich hab niiie was gesagt! Bin keine ... Plaudertasche. Sie hat gesagt, ich soll im ... Pendelton Hotel anrufen und nach ihr fraaagen. Die kennen sie. Falls ich's mir anders überlege. Ich ... ich denke, sie ist eine von den Guuuten.«

Er war jetzt so weiß wie frisch gefallener Schnee. Seine Haut glänzte vor Schweiß, und seine Gesichtsmuskeln krampften zusammen.

»Ich glaube nicht, dass es in dieser Stadt so etwas gibt, Benji. Jemand Guten.«

Er schluckte schwer. »Du bist clever, Quin. Das ist beruuuhigend.«

Ich nahm seine Hand in meine und drückte sie sanft. Vorsichtig presste ich meine Stirn auf seine Schläfe und küsste seine Wange. Dann begann ich zu beten. Worte, die sein Verstand nicht begreifen konnte, die aber direkt in seine Seele führten. Ich spürte, wie sich sein Körper entspannte. Wie er losließ und Frieden fand.

Wir blieben noch eine Zeitlang so sitzen, nachdem er die Erde verlassen hatte und meine Gebete verstummt waren. Ohne das ganze Blut und den demolierten Wagen könnten wir wie zwei Verliebte auf einem Date wirken. Händchenhaltend und aneinandergekuschelt. Schließlich löste ich mich von ihm und drückte die Autotür auf.

Ich warf einen letzten Blick zurück. »Mach's gut, Benji.«

KAPITEL 15

Je mehr ich mich vom Studebaker und von Benji entfernte, desto stärker spürte ich meinen gepeinigten Körper. Meine Schulter pochte nicht, sie pumpte wie ein Presslufthammer und blutete wie verrückt. Engelfleisch stieß Fremdkörper ab. Die verdammte Kugel würde früher oder später von alleine herauskommen, und danach wäre die Wunde bereit, sich wieder zu schließen. Aber bis es so weit war, spürte ich, wie sie durch meinen Körper gedrückt wurde. Durch den offenen Schusskanal, der mein Gewebe zerfetzt hatte. Das wäre der beste Zeitpunkt, sich für ein paar Stunden hinzulegen und mir Ruhe für den Heilungsprozess zu gönnen. Kalter, stinkender Schweiß rann mein Gesicht hinunter. Unglücklicherweise nicht wegen französischer Köstlichkeiten, sondern wegen der schmerzhaften Anstrengung.

Mein blutendes Ohr brannte, aber Benjis Kugel schien nur das Ohrläppchen erwischt zu haben. Es sah vermutlich nicht besonders ansehnlich aus, aber das konnte ich mit meinem Charme wettmachen. Im Unterhemd steckten noch ein paar Glassplitter, auf meinen nackten Armen befanden sich eine Handvoll kleine Schnitte.

Alles kein Beinbruch.

An Ausruhen war nicht zu denken. Es würde sich schnell herumsprechen, dass ich mich wieder – oder noch immer – in der Stadt herumtrieb und Ärger machte. Sie würden Jagd auf mich machen. Vermutlich würden sie meine Vermieterin erneut terrorisieren. Und das, wo wir gerade dabei waren, uns näher zu kommen.

Aber das, was meinen Schritt stetig weitertrieb, war der Gedanke an einen Freund, der mich verraten hatte. Hatten sie Tommy in die Mangel genommen, nachdem er mich vor Chip gerettet hatte? War er noch am Leben oder teilte er sich mit Ginto ein Grab auf der Müllhalde?

Ich schleppte mich aus dem unbewohnten Gebiet des Chicago Rivers und schleifte mit den Füßen über den Asphalt. Als ich die Schuhe von Mrs. Burgos' Ex-Mann angezogen hatte, war ich nicht davon ausgegangen, eine Wanderung vor mir zu haben. Meine Zehen waren zusammengestaucht wie die Tanzwütigen um Mitternacht in den Clubs.

Beschmiert mit gelbem Blut war ich so auffällig wie ein Clown beim Präsidentendinner. Ich brauchte etwas Schnelles zum Überwerfen. Und einen Hut. Bei den Ravepartys in den 1990ern trug ich gerade mal eine Neonunterhose und ein paar Sticker dort, wo Brustwarzen sein sollten. Aber im Chicago zu dieser Zeit fühlte ich mich nackt und schutzlos ohne Kopfbedeckung.

Ein paar Straßen weiter stand ich vor dem Wohnhaus, in dem sich mein ehemaliges Appartement befand. Mein Bedürfnis an Menschenkontakt war für den Moment erschöpft, also versuchte ich nicht mal reinzukommen und herauszufinden, ob meine Wohnung schon vermietet war. Aber ich wusste, dass mein halbseidener Ex-Vermieter hinterm Haus seine Wäschespinne hatte. Auch wenn er doppelt so breit war wie ich, ein Hemd zum Überziehen würde reichen.

Ich sah die Straße rauf und runter, bevor ich mich in den Durchgang zwischen die Häuser begab. Auf halbem Weg blieb ich wie vom Blitz getroffen stehen. »Ein verdammtes Wunder«, sagte ich wider besseren Wissens.

Neben den Mülltonnen standen Kartons mit meinen alten Sachen.

»Jetzt fühl ich mich wieder menschlich«, war mein erster Gedanke. Das fand ich zum Brüllen komisch, woraufhin eine Nanny die vier Kinder, die sie im Schlepptau hatte, schnell an mir vorbeizog. Ich drückte mir den Hut etwas tiefer über mein ramponiertes Ohr und vermied Blickkontakt.

Meine Kleidung stank nach etwas Undefinierbaren – für einen Engel, der im Grunde alle Gerüche der Erde kannte, sollte das schon was heißen –, aber sie gab mir ein Gefühl von Heimat und verdeckte die Beweise meiner Komplizenschaft an einen Banküberfall. Alles in allem die besten Voraussetzungen, um eine Kugel in der Schulter erträglicher zu machen. Und um die weitere Leiche eines Freundes zu finden. Aber vorher hatte ich noch etwas zu erledigen.

Ich ging in ein Lokal und schlüpfte in die hölzerne Telefonzelle gleich neben der Jukebox. Als ich im Pendelton Hotel nach einer Kate verlangte, gab es von der Rezeptionistin nicht den Hauch einer Nachdenkpause. Sie teilte mir mit, dass Kate gerade nicht anwesend wäre, ich aber eine Nachricht hinterlassen könnte. Ich zögerte nur für einen Moment. Vermutlich, weil mir klar war, dass ich nichts zu verlieren hatte.

»Richten sie ihr aus, Quin hat angerufen. Ich mach mich jetzt auf den Weg zu Tommy.« Ich nannte ihr noch die Adresse und legte ohne ein weiteres Wort auf.

Ich weiß nicht wieso, aber ich ging die Treppen zu Tommys Wohnung auf Zehenspitzen hinauf. Aus einer Socke, ein paar herumliegenden Schrauben und Steinen hatte ich einen Totschläger fabriziert, dessen Gewicht in meiner Hosentasche ein flüchtiges Gefühl der Sicherheit versprach. Es war schwer vorstellbar, dass mir Tommy, mein bester Freund in Chicago, etwas antun würde. Doch er hatte zweifellos seine Finger in diesem dreckigen Spiel, und ich war lieber auf der Hut.

Das Anschleichen hätte ich mir sparen können. In der Wohnung links von Tommys spielte der alte Knacker seine Blasmusik so laut, dass man denken konnte, er hätte die Band in seinem Zimmer. Aus dem Appartement auf der rechten Seite kam bitterliches Weinen. Dass der verlassene Familienvater um diese Zeit an einem Werktag zu Hause war, konnte nichts Gutes bedeuten. Armer Kerl. Aber in den letzten Stunden hatte ich mit einer Handvoll Menschen zu tun gehabt, die auch nicht gerade vom Glück gesegnet waren.

Ich legte mein Ohr an die mittlere Tür auf der Etage und hielt die Luft an. Ich glaubte etwas in Tommys Wohnung zu hören. Durch die dröhnende Blasmusik konnte ich nicht sicher sein.

Ich befeuchtete meine trockenen Lippen, atmete einmal tief durch und drückte den Griff. Die Tür ließ sich problemlos öffnen. Durch den Spalt konnte ich niemanden erkennen, also glitt ich in die Wohnung. Die Glühbirne über der Küche war ausgewechselt worden. Aus der gurgelnden Kaffeemaschine stieg Dampf auf. Tommy war nirgends zu sehen.

Ich löste den Griff vom Totschläger in meiner Hose, um die Tür zu schließen. Da spürte ich kaltes Metall im Nacken. Automatisch gingen meine Hände nach oben, und mein Körper spannte sich an. Ein bedrohliches Klicken erhöhte meinen Herzschlag. Die Sicherung war gelöst worden. Der Lauf der Waffe schubste mich vor, nach ein paar Schritten drehte ich mich langsam um.

Tommy sah so aus, als hätte er nicht geschlafen, seit ich ihn das letzte Mal gesehen hatte. Sein Gesicht war grau, die Ringe unter den Augen hatten die Farbe von überreifen Blaubeeren, und seine Wangen waren eingefallen. In den vergangenen Stunden war er um 20 Jahre gealtert. In der Hand hielt er eine 45er, ein verdammt großes Ding für so einen kleinen Gauner wie ihn. Der Lauf war auf mich gerichtet.

Man könnte meinen, dass ich mich bereits daran gewöhnt hätte.

Aber nein, in dieses schwarze Loch zu blicken, an dessen Ende eine tödliche Kugel wartete, fühlte sich immer noch beschissener an als das Plumpsklo einer Großfamilie.

Tommy kam einen Schritt auf mich zu, und ich wich einen zurück.

»Wir sind doch Freunde, oder?« Meine Stimme klang fest und gleichzeitig resigniert.

»Wir waren immer schon Freunde, Quin. Schon bevor Rick bei dir gelandet ist, erinnerst du dich?« Ruckartig zuckte er mit den Schultern. Die Wörter schossen noch schneller aus ihm heraus, als ich es von ihm gewohnt war. Seine Stimme klang brüchig und trotzig.

Er leckte sich über die Lippen und schniefte. Wahrscheinlich hatte er was durch die Nase gezogen. Er machte das manchmal, wenn er für einen Job lange durchhalten musste oder sich einfach fitter fühlen wollte. Seine Augen waren jedenfalls blutunterlaufen, die Schwärze seiner Pupille hatte fast komplett die blaue Iris verdrängt.

»Du solltest gar nicht hier sein! Du solltest über alle Berge sein, verstehst du?«

Seine Lippen stolperten über die heraussprudelnden Sätze. Aber das schien ihm nicht aufzufallen. Er ging einen weiteren Schritt auf mich zu, doch diesmal blieb ich stehen. Der wohlige Duft von Kaffee wehte durch die Wohnung. Er vermischte sich mit dem Gestank von meinem Schweiß und Blut. Mir wurde übel.

»Du kennst mich doch, Tommy. Ich bin zu stur, um den einfachen Weg zu nehmen.«

Er lachte schnaufend und fuhr sich mit zitternder Hand über eine Augenbraue. Die Hand mit der Pistole war jedoch vollkommen ruhig.

»Ich hab meinen Scheiß-Hals für dich riskiert, ist dir das eigentlich klar?«

»Nein. Nein, ist es nicht, Tommy. Wieso erzählst du's mir nicht einfach?«

Seine Lippen zogen sich zurück und entblößten seine gelben Zähne. Ich wusste nicht, ob es eine Drohgebärde sein sollte oder ein Versuch zu lächeln. Er glich einer Hyäne auf Koks.

Ich musste an unser Gespräch in seiner Wohnung denken; gleich nach Ricks Tod, als er mir erzählt hatte, dass die Bullen und die Mancinis mich suchten. Woher hatte er gewusst, dass Rick nackt im Bett gelegen hatte und meine Sachen überall verteilt waren? Die Bullen ließen sich normalerweise nicht zu solchen Details hinreißen. Ich war gerührt gewesen, weil er mich nicht verdächtigt hatte. Jetzt wunderte es mich nicht mehr.

Wenn er mich erschießen wollte, hätte er es bereits getan. Ich ließ die Hände wieder sinken. Entweder war er sich nicht sicher oder er hatte noch etwas mit mir vor. So oder so, mehr Zeit konnte nur zu meinem Vorteil sein.

»Chip hätte dich in diesem Hinterhof zu Brei verarbeitet, wenn ich dich nicht rausgeholt hätte. Hast du das vergessen?«

»Oh nein, daran hab ich noch lebhafte Erinnerungen. Auch daran, wie Mancini und Frank mich vor meiner Bleibe abgepasst haben.«

Tommy presste die Lippen zusammen und bekam Farbe ins Gesicht. »Frank wollte dich gleich loswerden! Ich hab auf die Hälfte meines Honorars verzichtet, um dein Leben zu retten, verdammt nochmal!«

Das erklärte dann auch, warum Mancini mich bei der gemütlichen Autofahrt nicht kaltgemacht, sondern mir einen Grund gegeben hatte, die Stadt zu verlassen. War nur nicht von langer Dauer gewesen.

»Das ist ja herzallerliebst, Tommy. Mein Tipp wäre, dass Mancini auch nicht gerade heiß war, eine weitere Leiche an der Backe zu haben. Du weißt doch, dass sie den Kellner Ginto aus Benjis Diner auf dem Gewissen haben? Dacht ich mir. Und das ein paar Stunden vor dem Coup mit der Bank.«

Tommy stürmte mit wilden Blick zwei weitere Schritte auf mich zu. Ich musste mich zusammennehmen, um nicht zurückzuweichen.

»Mein Gott, du hältst dich wohl für besonders clever, was?« Speichelfäden flogen aus Tommys Mund, während seine Stimme immer weiter anschwoll. »Du kannst die Dinge einfach nicht sein lassen, oder? Wir beide könnten in Frieden weiterleben, wenn du dich EINFACH NUR VERPISST HÄTTEST!«

Ich lachte humorlos auf, legte die Stirn in Falten und nickte. »Da hast du wohl recht, alter Freund. Da hast du wohl recht.« Die Blasmusik aus der Nebenwohnung dröhnte im Takt mit meinem Herzschlag. Gedankenverloren bewegte ich mich etwas zur Seite, während ich immer noch nickte und auf meine Schuhe starrte. Er folgte mir mit einem halben Schritt. Jetzt zitterte auch seine Schusshand.

»Noch eine Frage, Tommy.«

Ich schob die Hände in die Hosentaschen. »Für was hast du dieses Honorar bekommen, du gottverdammt verflucht beschissener Wichser?«

Mit einem Knall explodierte die Glühbirne über Tommys Kopf.

Glasscherben regneten auf ihn herab. Er riss den Arm nach oben und schoss auf die Decke. Ich nutzte die Gelegenheit und drosch mit dem Totschläger auf seine Schläfe. Bevor er in die Knie ging, donnerte er die schwere Waffe auf meine kaputte Schulter. Eine Mischung aus wütendem Schrei und Stöhnen löste sich aus meiner Kehle. Heiße, weiße Blitze durchzuckten meinen Körper, dann konnte ich mich nicht mehr auf den Beinen halten. Wie betrunkene Matrosen auf einem schwankenden Schiff hielten wir uns halb kniend gerade noch aufrecht. In meinen Ohren klingelte es.

Ich wollte mit dem Totschläger auf sein Handgelenk einprügeln, damit er die Pistole endlich losließ, doch seine Stirn schnellte nach vorne und traf mich im Gesicht. Ein ekelhaftes Krachen und Knirschen erfüllte meinen Kopf, heiße Flüssigkeit rann meine Nase herunter. Vor meinen Augen tanzten Sterne, der Totschläger glitt mir aus der Hand und ich begrub Tommy unter mir.

Ich landete auf seinem Schussarm, und er versuchte, ihn unter mir hervorzuziehen. Ein weiterer Schuss knallte durch die Wohnung, die Hitze des Laufs versengte meine Seite, doch wenigstens wurde ich nicht getroffen. Tommy drosch mit seiner Faust auf meinen Rücken ein.

Ich japste nach Luft, lange würde ich das nicht mehr aushalten. Mein gelbes Blut tropfte auf seinen weißen Hemdsärmel. Ich spürte, wie er meinem Griff entglitt.

Ich drehte den Kopf zur Seite und biss ihm in die Nase, bis ich Blut schmeckte. Nase um Nase. So hieß es doch in der Bibel, oder? Okay, vielleicht ging's da um Augen und Zähne, aber Körperteile waren Körperteile. Er begann zu kreischen, seine Schläge auf mich wurden heftiger und verzweifelter. Ich ließ meinen Kiefer noch härter arbeiten, bis sich sein Griff von der 45er löste.

Ich schnappte mir die Pistole und robbte von Tommy weg, ehe ich mich umdrehte und auf ihn zielte. Er lag zusammengerollt auf der Seite und hielt seine blutende Nase. Aus seinem Ohr sickerte Blut. Mein keuchender Atem klang unnatürlich laut. Erst jetzt fiel mir auf, dass die Blasmusik aufgehört hatte zu spielen. Vielleicht rief der alte Knacker von nebenan die Bullen. Was das betraf, machte ich mir wenig Hoffnungen. Oder Sorgen, je nachdem wie man es betrachtete. Meine letzten Erfahrungen mit der Polizei hatten mir gezeigt, dass sie nur auftauchte, wenn ihr im Vorhinein ein Tipp gegeben wurde. Ich bezweifelte stark, dass sie kamen, wenn jemand tatsächlich Hilfe brauchte.

Ich lehnte mich an die Wand. Der Blutfluss aus meiner Nase versiegte langsam. Sie war angeschwollen und pochte in einem Bossa-Nova-Rhythmus. Der restliche Körper flehte mich an, von der linken Schulter abgetrennt zu werden. Aber alles in allem war ich noch am Leben.

Der Totschläger lag einen halben Meter von Tommys Körper entfernt. Zu nah, für meinen Geschmack. Aber für den Moment hatte ich nicht das Bedürfnis, mich dorthin zu schleppen. Der Abstand zwischen uns gefiel mir ganz gut. Und die 45er in meiner Hand erst recht.

In meinem Hals befand sich ein Klumpen aus Blut, Schleim und Enttäuschung über die Menschheit. Ich musste mich mehrmals räuspern, bevor ich sprechen konnte.

»Also? Wofür hast du das Honorar bekommen, Tommy?«

Ich kannte die Antwort. Aber ich musste es von ihm hören. Der Kampf hatte etwas Reinigendes gehabt. Die Bitterkeit darüber, dass mich mein bester Freund in Chicago betrogen hatte, war in den Hintergrund getreten. Jetzt ging es mir nur noch darum, einen Schlussstrich zu ziehen.

Tommy jammerte und keuchte. Seine Nase war eine blutige Ruine. In seinem Schritt war ein großer, feuchter Fleck. Glücklicherweise konnte ich momentan nichts riechen.

Ich wartete eine angemessene Zeit auf seine Antwort. Vielleicht waren es 30 Sekunden oder auch drei Minuten, dann beschloss ich, ihm auf die Sprünge zu helfen. Ich schoss auf die mittlerweile ebenfalls ächzende Kaffeemaschine, und sie zersprang in tausend Stücke. Der Kaffee klatschte auf den Boden. Leider nicht in meiner Nähe, sonst hätte ich ihn vom Boden geleckt, um einen klaren Kopf zu bekommen.

»Rede, Tommy. Vermutlich wird das unser letztes Gespräch sein!« Ich wollte cool und gleichgültig klingen, stattdessen glich meine Stimme einem Knurren.

Seine blutunterlaufenen Augen starrten mich trotzig unter den herunterhängenden Haaren an. »Am Anfang hat es nur dich und mich gegeben, weißt du noch? Dann hab ich dir Rick vorgestellt. Und plötzlich war ich unsichtbar.« Die Worte kamen schleppend aus ihm heraus. Die drängende Unruhe, die seine Art zu reden sein Leben lang begleitet hatte, war verschwunden.

Ich seufzte. Im Himmel existierte so etwas wie Eifersucht nicht. Eifersucht hatte immer etwas mit Besitzdenken zu tun, und Engel besaßen nichts. Ich hatte diese Emotion auf Erden kennengelernt, und ich würde lügen, wenn ich behauptete, sie wäre mir gänzlich fremd geblieben. Trotzdem konnte ich es nicht leiden, wenn Menschen Gefühle oder den Körper eines anderen für sich beanspruchten.

»Ist es wirklich so einfach? Du tötest Rick, weil ich zu viel Zeit mit ihm verbracht habe?« Es war eine eigentümliche Kombination von Wut und Traurigkeit, die sich in meinem Bauch formte.

Tommy schnaubte. »Einfach – ja, einfach war es. Wir waren an dem Abend zusammen, wir drei, erinnerst du dich? Als ihr abgezogen seid, wart ihr schon ziemlich weggetreten. Ich wusste es würde … einfach werden.« Sein Gesicht verzog sich für einen Moment zu einer Grimasse und entspannte sich dann wieder. Seine Augen waren nicht mehr auf mich, sondern auf den Holzboden gerichtet. Er schluckte hörbar. Seine Hände wanderten zwischen seine Knie, und er klemmte sie dort ein. Er sah aus wie ein kleiner Junge, der Angst vor einem Albtraum hatte.

»Rick ist zu weit gegangen. Früher hat er noch brav die Klappe gehalten und gemacht, was man ihm sagte. Aber dann hat er begonnen, Fragen zu stellen. Dumme Fragen. Und er hat sich eingebildet, Benji aus der Scheiße rausreiten zu können, wenn er nur hartnäckig genug war. Er dachte, er könnte Mancini und den Rest überreden, das

Richtige zu tun. Wie so ein beschissener Heiliger. Man munkelt, dass du schlechten Einfluss auf ihn hattest.«

Seine braunen Augen sahen mich wieder an. Der Blick war müde und neugierig. Als ob er auf irgendeine spezielle Reaktion von mir wartete. Doch das war mir nicht neu. Der Gedanke, dass ich Mitschuld an Ricks Tod hatte, geisterte schon länger in meinem Unterbewusstsein herum. Nicht zuletzt, weil ein Meerschweinchen mit Basstimbre mir diesen Vorwurf entgegengeschleudert hatte. Ich starrte nur unverwandt zurück und machte eine Bewegung mit der Pistole, dass er fortfahren sollte.

»Es war nicht nur, dass er allen damit auf die Nerven ging. Sie haben spitzgekriegt, dass er geplaudert hat.« Irgendeine Reaktion musst er in meinem Gesicht erkannt haben, denn er nickte und löste seinen Blick wieder. »Auf jeden Fall hat er damit den Bogen überspannt. Ich hab mich freiwillig gemeldet.«

»Ich nehme an, das Geld war gut, und du hattest deine Rache.« Meine Stimme war so hart, dass er zusammenzuckte. Mühsam richtete er sich auf, bis er im Schneidersitz vor mir saß. Sein Oberkörper schwankte.

Als er wieder zu sprechen begann, glich sein Ton einer frisch gewetzten Rasierklinge. »Ich hab den verdammten Job angenommen, weil ich dich nur so retten konnte. Sie wollten dich sicherheitshalber auch umlegen, aber ich hab ihnen versichert, dass du nichts weißt. Und dass es doch viel bequemer wäre, dich den Bullen als Täter zu präsentieren.«

»Wie reizend. Du wolltest mich im Knast verrotten lassen?«

»Ich wollte dich retten, du Arschloch! Mir war lieber, du sitzt, als du bist tot!« Er brüllte plötzlich. In seinen Augen standen Tränen, seine Hände waren in seinem Schoss zu Fäusten geballt. Ich wartete darauf, dass mich dieselbe Wut packte. Dass der Vulkan in mir zu brodeln begann und ich nicht mehr wusste, was ich tat. Aber das blieb aus. Die Ruhe, die meinen Körper durchflutete, war nicht apathisch.

Sie war friedlich.

»Weil du mich nicht besitzen konntest, wolltest du mich lieber in einen Käfig sperren. Wie so einen hübschen, exotischen Vogel. Weil du mich nicht haben konntest, hast du Rick umgelegt. Und du denkst, dass ich dir dafür irgendeine Art von Dankbarkeit schulde?«

Die Tränen, die sich in seinen Augen gesammelt hatten, schwappten über und rannen in schmutzigen Schlieren über seine Wangen. Mit seiner blutigen Nase sah er jetzt aus wie einer dieser traurigen Clowns im Zirkus.

Ich hatte mir diesen Moment ausgemalt. Ich überführe Ricks Mörder und lasse ihn dafür bezahlen. Würde ihn genauso hilflos und sinnlos hinrichten, wie er es bei meinem Geliebten gemacht hatte. Jetzt hatte ich ihn auf dem Präsentierteller. Er unbewaffnet, ich mit einer Knarre. Doch ich konnte nicht. Ich wollte nicht.

Ich ließ die 45er sinken und betrachtete sie für eine Weile.

»Hiermit hast du's getan, nicht wahr?«

Es brauchte ein paar Schniefer, ehe er mit einem knappen »Ja« antwortete.

»Diesmal werde ich den Cops einen Tipp geben: Der Mörder von Rick Kruppke samt Tatwaffe in seiner Wohnung. Das Motiv können sie sich aussuchen. Spielschulden, Rivalitäten, was auch immer. Die Sache ist damit vorbei, Tommy. Für mich jedenfalls.«

Mit seinen Hemdsärmeln wischte er sich die Tränen vom Gesicht. Er zuckte kurz, als er seine Nase berührte. Er warf einen gedankenverlorenen Blick auf seinen Arm, dann einen raschen auf mich.

»Dein Blut ist gelb. Das liegt gar nicht am Licht der Straßenlaterne!«

Ich drückte mich gegen die Wand, um aufzustehen. »Was du nicht sagst, du Blitzgneißer.«

»Du ... was? Was bedeutet das?«

Ich musste beim Gedanken an Oggis Ausdruck lachen. »Das bedeutet ...«

Die Kugel durchbohrte meinen Bauch. Den Schuss hörte ich erst später. Als ob meine Ohren zeitverzögert auf den Schmerz in meinem Inneren reagierten. Tommy hielt eine rauchende 22er in der Hand, an seinem hochgerutschten Hosenbein konnte ich einen Halfter am Unterschenkel erkennen. Sein groteskes, gelbzähniges Grinsen erstarb langsam, als das Blut gurgelnd aus seinem Hals spritzte. Meine Ohren hatten den Schuss zu spät wahrgenommen, aber mein Finger am Abzug hatte gleich reagiert. Meine Hand zitterte von dem Rückschlag der 45er.

Tommy fiel in Zeitlupe nach hinten, die Pistole entglitt ihm, seine Finger tasteten nach dem Hals. Ich ließ mich neben ihn auf die Knie sinken. Sein Blick irrte ungläubig die Decke entlang, bis er auf meinem Gesicht haften blieb. Er öffnete den Mund, doch nur heiseres Gurgeln gepaart mit Blut kam heraus. Ich biss die Zähne zusammen und hob die schwere Pistole an seine Stirn. Der Finger am Abzug zitterte. Doch nicht wegen der Anstrengung. Sondern weil mein Vulkan zu kochen begonnen hatte.

Ich hatte wirklich versucht, das Richtige zu tun.

Das sah mir gar nicht ähnlich. Ich wollte mich nicht der Rache und dem Hass hingeben. Nicht weil sich das für Engel nicht ziemte. Darauf schiss ich einen großen Haufen. Sondern weil ich ein besserer Mensch werden wollte. Und jetzt hatte sich das blöde Arschloch, das ich mal für meinen besten Freund in Chicago gehalten hatte, dazu entschieden, mich hinterrücks abzuknallen.

Ich wollte Tommys Schädel ein Riesenloch verpassen. Ich wollte seiner Seele jede Möglichkeit nehmen, in Ruhe und Frieden Abschied von dieser Welt zu nehmen. Sollten seine letzten Emotionen doch Angst und Verwirrung sein! Was kümmerte es mich?

Mein Kiefer brannte vor Anspannung, ich spürte, wie meine Augen aus den Höhlen traten, als aus der Tiefe meines Bauches ein trotziger Schrei entkam. Der Lauf der Knarre hinterließ schon einen rötlichen Abdruck auf seiner blassen Stirn.

Aber ich konnte es nicht.

Sie sagten, ich hätte einen schlechten Einfluss auf Rick gehabt. Er wollte Benji helfen und den ganzen Mist unterbinden, wohl wissend, dass es ihm nur Schwierigkeiten bringen würde. Wohl wissend, dass es ihn vermutlich das Leben kosten würde.

Der Witz war: Ich konnte mir beim besten Willen nicht vorstellen, dass Rick das von mir hatte. Alles, was ich auf Erden bisher gemacht hatte, war selbstsüchtig gewesen. Ich hatte mich um meinen eigenen Spaß gekümmert, nicht um die Wesen, die hier lebten.

Es brauchte einen besonderen Menschen, um einen Engel dazu zu bringen, das Richtige zu tun.

Zitternd fuhr ich über mein feuchtes Gesicht. Feucht von Schweiß, Blut und Tränen, von denen ich nicht wusste, dass ich sie vergossen hatte. Dann legte ich meine Hand an Tommys Wange. Seine Finger lagen auf seinem Hals, blutrot verfärbt. Sein Blick war flehend und ängstlich, sein Körper zuckte unter dem Todeskampf.

Ich strich mit dem Daumen über seine Wange, bis sich seine hektischen Bewegungen verlangsamten, und sprach meine Gebete. Es dauerte nicht lange.

KAPITEL 16

Es brachte vermutlich nicht viel, doch ich wischte meine Fingerabdrücke von der 45er ab und legte sie in Tommys Hand. Um den Bullen wenigstens einen schön drapierten Tatort zu schenken. Wenn die so müde und faul waren, wie ich sie kennengelernt hatte, könnten sie das als Selbstmord durchgehen lassen. Selbstverständlich aufgrund massivster Selbstvorwürfe nach dem Mord an Rick.

Unter Tommys Bein lugte noch die 22er hervor, mit der er auf mich geschossen hatte. Ein süßes, kleines Ding. Handlich. Ohne groß nachzudenken, steckte ich sie in meine Tasche und griff mir auch gleich meinen Totschläger. Mühsam schob ich ein Bein nach dem anderen unter mich und stand wackelig auf.

Tommy lag mir zu Füßen. Sein Gesicht war glatt und friedlich. Wären nicht die blutige Nase und das Loch in seinem Hals, konnte man fast davon ausgehen, dass er im Schlaf gestorben wäre. Ich war vielleicht ein Engel, aber kein Heiliger. Meine Wut war nicht verflogen, seine Taten waren nicht vergessen und schon gar nicht vergeben. Trotzdem versuchte ich, mich in diesem Moment an die guten Zeiten mit ihm zu erinnern. Den Spaß, den wir hatten, wenn wir in den Tanzcafés waren. Die Male, die er mich aus der Scheiße geholt hatte, wenn ich mein Maul mal wieder zu weit aufgerissen hatte.

Menschen waren kompliziert.

Zum Abschied versetzte ich ihm einen Tritt in die Seite. Keinen besonders heftigen, das hätte mich erneut von den Beinen gefegt. Aber feste genug, um meinen widersprüchlichen Gefühlen ihm gegenüber Ausdruck zu verleihen.

Ich ging die paar Schritte zur Eingangstür, blieb stehen und schleppte mich dann noch mal zur Mitte des Raumes. Neben ein paar Glassplittern lag mein Hut. Dem Tod von der Schippe gesprungen zu sein, war keine Entschuldigung dafür, praktisch nackt auf die Straße zu gehen.

Als ich auf den Flur trat, spürte ich gleich die Bewegung zu meiner Rechten. Die 22er war rasch in meiner Hand, doch nach einem kurzen Blick ließ ich sie wieder sinken. Ich kannte die beiden nur aus Erzählungen, doch sie waren genau wie in meiner Vorstellung: Das Gesicht des Alten war so zerfurcht wie ein antikes Relief, und der Familienvater versank in seinen eingefallenen Wangen, seine Augen waren rot unterlaufen. Sie klammerten sich förmlich aneinander, als sie mich ängstlich anstarrten.

»Alles gut. Ich tu euch nichts, keine Panik, Jungs!« Ich blickte an mir herab und beschloss, mein Sakko zuzuknöpfen, um das gelbe Blut meiner Bauchwunde zu verstecken. Der Vorgang dauerte länger als gewohnt, da meine Finger offensichtlich Probleme hatten, die Befehle des Gehirns zu verarbeiten und ich noch die Knarre hielt. So standen wir drei in angespannter Stille im Vorraum, während draußen Vögel zwitscherten. »Ähm, kennt ... kanntet ihr ihn?« Ich machte eine angedeutete Kopfbewegung zu der Wohnung hinter mir.

Die beiden nickten gleichzeitig, was amüsant wirkte, wenn man nicht gerade den Ernst der Situation in Betracht zog.

»Er war ganz nett«, sagte der Jüngere. »Er war ein Gangster«, der Alte.

»Stimmt beides!« Ich schaffte es, ihnen ein charmantes Lächeln zu schenken und die Anspannung in ihren Körpern löste sich.

»Er hat böse Sachen getan. Was ihn nicht unbedingt zu einem bösen Menschen machte. Aber letztendlich konnte er nicht mehr und hat seinem Leben ein Ende gesetzt. Ich konnte ihn leider nicht davon abhalten.«

Unisono wanderten ihre Augenbrauen nach oben, gepaart mit einem höchst zweifelnden Gesichtsausdruck. So ähnlich wie sie reagierten und dabei aussahen, könnten sie direkt Vater und Sohn sein.

Was mich auf eine Idee brachte.

»Habt ihr zwei eigentlich schon mal ein Wort miteinander gewechselt? Ich meine, vor heute?«

Sie sahen sich an und schüttelten den Kopf. Ich hatte mein Sakko fertig zugeknöpft und seufzte schwer. Das ließ zwar meine diversen Schusswunden protestieren, untermalte aber den Effekt, den ich damit erzeugen wollte.

»Ihr zwei seid einsam. Ja, ich habe das mitgekriegt, jetzt versucht nicht, es abzustreiten. Nehmt aus diesem tragischen Vorfall heute«, wieder nickte ich zu Tommys Wohnung, »etwas Positives und leistet einander Gesellschaft. Du kannst ihm was von deiner Musik erzählen und du Neuigkeiten aus der Welt da draußen. Jetzt mal als Beispiel. Esst zusammen! Trinkt zusammen!«

Ich richtete meinen Kragen und blickte an ihnen vorbei auf die Wand. »Wisst ihr, wir trauern dem gerne nach, was wir verloren haben. Und das ist auch okay. Nur irgendwann sollte Schluss damit sein. Und dann können wir uns eine neue Familie suchen. Menschen, mit denen wir einfach gern unsere Zeit teilen. Versteht ihr?«

Sie reagierten nicht, doch ich hatte den Samen einer Möglichkeit gepflanzt. Mehr konnte ich nicht machen. Ich tippte an meinen Hut und ging zur Treppe. »Zwei Sachen noch«, ich hielt mich am Geländer fest, als ich mich umdrehte. »Ich weiß, ihr habt keinen Grund, mir zu glauben, aber es käme mir sehr gelegen, wenn ihr den Bullen nicht von mir erzählen würdet. Wäre einfach nett, versteht ihr?«

»Und die zweite Sache?«, fragte der Familienvater.

»Seht ihr eine Austrittswunde an meinem Rücken?«

Beide schüttelten den Kopf. Mein Fluchen blieb so anständig, dass keine der Wandleuchten explodierte.

KAPITEL 17

Ich war ein paar Schritte auf dem Gehsteig gegangen, als ich das Auto hinter mir spürte. Es fuhr mir im Schritttempo nach, gerade so, dass es mich nicht überholte. Bullen waren nicht so dezent. Oder so zurückhaltend. Ich war nicht in der Lage wegzulaufen. Für eine anständige Schlägerei fehlte mir die Kraft, aber ich hatte meine kleine Freundin, die 22er, bei der Hand. Und ich würde nicht abtreten, ohne ein paar Schüsse abgegeben zu haben. In meiner Tasche tastete ich nach dem kühlenden Metall und der Sicherung. Ich war bereit.

Ich blieb stehen, drehte mich zur Seite und blinzelte in die Sonne. Ein blitzblaues Coupé fuhr noch einen Meter und stoppte dann, sodass die Beifahrertür auf meiner Höhe war. Durch die Sonne und das spiegelnde Glas konnte ich nicht erkennen, wer da drin saß. Oder wie viele.

Die Autotür ging mit einem Klacken auf.

»Wäre doch ein Jammer um das hübsche Gesicht.«

Zwischen den Fingern auf dem Lenkrad klemmte im Mundstück eine rauchende Zigarette, ihre freie Hand tätschelte liebevoll das weiße Leder des Beifahrersitzes. Wenn ich schon von jemanden umgelegt werden musste, dann wenigstens von meiner schönen Unbekannten. Ich schob meinen Hintern auf den Sitz und schloss die Tür.

»Keine Sorge, mein Gesicht ist in null Komma nix wiederhergestellt.«

Der Motor brüllte auf wie eine Raubkatze, als sie losfuhr.

»Kate, oder? Hast du eine Zigarette für mich?«

Sie deutete auf das Handschuhfach. Ich holte einen Beutel mit Tabak und ein paar Papiere heraus.

»Wohin bringst du mich?«

»So wie's aussieht, wäre ein Krankenhaus angebracht.«

Ich lachte trocken auf. »Das ist keine gute Idee.« So ansprechend die Götter in Weiß auch waren, ich hielt mit meinem anatomisch nicht korrekten Engel-Körper lieber Abstand von ihnen.

Ich balancierte die Utensilien auf meinen Knien, während ich eine Zigarette drehte. Das war gar nicht so einfach, da meine Chauffeurin auf Geschwindigkeit und ruckartige Fahrmanöver stand.

»Wohin soll ich dich denn bringen?«

»Ich könnte ein Bett brauchen, in dem ich mich etwas erholen könnte. Hast du in deinem noch Platz?«

Jetzt lachte sie auf und schüttelte den Kopf. Eher belustigt als bedauernd, wie ich zähneknirschend feststellen musste.

»Okay. Du zeigst mir deins, ich zeig dir meins. Was sagst du?«, schlug ich vor.

Sie stöhnte enerviert auf, und ich lächelte in mich hinein. »Damit meine ich, du erzählst mir, was du weißt und ich dir, was ich weiß.«

»Machen wir's so: Du erzählst mir, was du herausgefunden und dir zusammengereimt hast, und ich sag dir vielleicht, ob du richtig liegst.«

Ich ließ mir das Angebot kurz durch den Kopf gehen. Genauer gesagt tat ich nur so. Erstens glaubte ich nicht, eine andere Wahl zu haben, zweitens war sie die Erste seit geraumer Zeit, die mir eine Zigarette spendiert hatte. Was das betraf, war sie meine Heldin.

Mit dem Zigarettenanzünder befeuerte ich mein etwas unförmiges Konstrukt, nahm einen tiefen, seligen Zug und begann zu erzählen.

Sie nahm meine Geschichte mit unbewegter Miene auf. Zwischendurch krampfte sich mein Magen zusammen, als sie in einer engen Straße ein paar Autos überholte und sich währenddessen eine neue Zigarette in den Spitz steckte. Eine bereits vorgerollte aus ihrem Etui, wohlgemerkt. Die Episode mit Tommy kürzte ich ab. Die Wunden waren noch zu frisch, um darin zu schwelgen. Die körperlichen und die seelischen. Als ich fertig war, schwiegen wir. Das elegante Schnurren des Coupé und die gelegentlichen Hupkonzerte der erschreckten Autofahrer waren die einzigen Geräusche, die zu hören waren.

»Ich weiß noch nicht, wo ich dich einordnen soll. Du riechst nicht nach Cop, und mittlerweile glaub ich auch nicht mehr, dass du zu den Mancinis gehörst.«

Eine Augenbraue und ein Mundwinkel hoben sich gleichzeitig, doch sie sagte nichts.

»Eine Sache, die Tommy gesagt hat, lässt mich noch nicht los. Ich kann mir vorstellen, dass Rick die Nase voll von dem Ganzen hatte und einfach nur helfen wollte. Aber dass er *geplaudert* hat? Zu den Bullen wäre er nie gegangen. Nicht, weil das ein Vertrauensbruch seinem Arbeitgeber gegenüber wäre. Sondern weil er haargenau wusste, dass die Bullen genauso korrupt sind wie die Gangster.«

»Und er wusste, dass die Polizei in der Sache mit Benji drinsteckte.«

Sie hatte so lange geschwiegen, dass ihre Stimme ungewohnt klang. Sie gurrte beinahe so angenehm wie ihr Auto. Ich warf den glimmenden Zigarettenstummel aus dem Fenster und sagte nichts. Meine Schulter fühlte sich etwas besser an. Oder ich bildete mir das nur ein, weil jetzt mein Bauch SOS-Signale an mein Hirn schickte. Mir war schlecht. Die Zigarette hatte meine Nerven beruhigt, aber ansonsten war sie keine gute Idee gewesen. Das Sitzen war schmerzhaft und anstrengend. Einfach nur hinlegen, ein bisschen ausruhen und morgen wieder gestärkt in den Tag starten.

Und was dann? Ich hatte nie weiter als bis zu diesem Moment gedacht. Sollte ich abhauen, nach Paris zu Aurelie oder ins 21. Jahrhundert für einen Serienmarathon auf der Couch meines Freunds Miguel? Eventuell meinem Körper in den heißen Quellen von Island eine Auszeit gönnen und etwas Abstand zu den Menschen gewinnen? Allerdings sollte ich es mit meinen Träumen nicht übereilen. Noch war ich nicht in Sicherheit.

Oder geheilt.

Ich warf einen Blick auf Kate. Sie wirkte entspannt, eventuell etwas amüsiert, vor allem ganz in ihrem Element, während sie durch die Straßen Chicagos raste. Ohne erkennbares Ziel.

»Rick ist zu dir gekommen?«, riet ich. Ich glaubte, ein Schulterzucken von ihr wahrzunehmen. Bei den vielen Bewegungen des Lenkrads war das schwer zu sagen.

»Er ist zu meinen Bossen gegangen. Die haben mir den Fall übertragen. Rick wusste, dass Diskretion bei uns hochgehalten wird, deswegen hat er uns vertraut.«

»Den Fall? Du bist Privatdetektivin? In einer Detektei?«

Ein Lächeln entblößte ihre weißen Zähne. »Man nennt uns eher Agenten.«

Kleine Schweißperlen rannen meine Schläfen hinunter. Privatdetektive arbeiteten für Geld, mitunter teilten sie ihre Ergebnisse mit der Staatsanwaltschaft, aber im Grunde waren sie Dienstleister. Vor allem die großen, die sich mehrere Mitarbeiter leisten konnten.

»Rick hatte nicht viel auf der Kante. Sein Hang zu gutem Stoff war zu ausgeprägt«, das galt übrigens für Drogen wie für Anzüge. »Aber nehmen wir mal an, er hatte das Geld, dich zu bezahlen. Wozu? Um Mancini zu erpressen? Oder die Cops, die mit drinsteckten?« Das passte nicht zu ihm.

Kate raste weiter durch die Straßen, mit undurchdringlicher Miene, und langsam begann mich ihr Schweigen aufzureiben. Ich schien nur zum Amüsement der Menschen da zu sein, sei es als Punchingball oder Zielscheibe. Manchmal auch Lustobjekt. Jetzt war es langsam an der Zeit, dass wenigstens eine Person mich ernst nahm und mir eine klare Antwort gab.

»Weißt du was? Ich hab die Nase voll von den Spielchen. Wenn du nicht vor hast, ein ernsthaftes Gespräch mit mir zu führen, dann lass mich einfach hier raus.« Ich brüllte. Darauf war ich nicht stolz, aber wenn man mit stechenden Schusswunden die ganze Zeit nur hinters Licht geführt wurde, konnte man seine Coolness auch mal verlieren.

Sie sah mich mit gerunzelter Stirn an, und ich kreischte ein paar Oktaven höher, als es meine normale Gesangsstimme erlaubte. Das tiefe Hupen des Lasters, der auf uns zu raste, vibrierte in meinen Knochen. Ich schloss die Augen, bereit, dem höhnischen Grinsen Luzifers zu begegnen. Kate riss das Lenkrad herum, und wir rumpelten auf den Gehsteig. Ich öffnete erst die Augen, als ich alle vier Räder wieder auf der Straße spürte.

»Halt an«, presste ich zwischen den Lippen hervor.

»Ach, alles halb so wild, ich hab nur ...«

»Jetzt!«, schrie ich. Sie hüpfte auf die Bremse, und ich schlug mir den Kopf am Handschuhfach an. Blind tastete ich nach dem Türöffner und lehnte meinen Oberkörper hinaus. Doch es kam nur trockenes Würgen und etwas Spucke. Es war einfach nichts mehr in mir übrig.

Ich drückte stöhnend meinen Rücken zurück in den Sitz.

»Sorry, ich wollte nur nicht auf das schöne Leder kotzen.«

Etwas, das ein Lachen oder auch ein Ächzen sein konnte, kam aus ihrem Mund.

»Keine Sorge. Du hast es schon vollgeblutet.«

Erschrocken sah ich nach unten und sah einen handtellergroßen gelben Fleck auf dem makellosen Weiß.

»Äh ... bisschen Soda und Salz könnten vielleicht helfen ...?«

»Denkst du, ja?« Ihre Finger trommelten auf das Lenkrad, der Motor tuckerte im Leerlauf. Ich war nicht mehr wütend oder irritiert. Oder voller Pläne für die Zukunft. Ich war nur noch müde.

Mit einer Hand rieb ich mir übers Gesicht und zuckte bei der Berührung meiner Nase zusammen. »Weißt du was, lassen wir das einfach. Ich ... mach's gut!« Ich schwang ein Bein aus dem Auto. Okay, schwingen war zu viel gesagt, ich hievte es mühselig nach draußen.

»Quin. Lass mich dich wenigstens nach Hause fahren. Da willst du jetzt hin, nehme ich an?«

Nach Hause? Dieses Wort fühlte sich morsch an und schmeckte nach Asche. Das Appartement, in dem ich die letzten Monate gewohnt hatte? Ricks Wohnung? Mein Zimmer bei Mrs. Burgos? Oder doch der Himmel?

Sie deutete mein Schweigen falsch, denn sie beeilte sich, mir zu versichern, dass weder die Mancinis noch die Cops großes Interesse hätten, mich aufzusuchen. Benji und

Tommy waren tot, der Banküberfall vereitelt. Heute würde keiner mehr das Boot zum Schaukeln bringen wollen. Vermutlich.

Ich nickte nur kurz und nannte ihr die Adresse meiner puerto-ricanischen Vermieterin. Sie startete schon, während ich die Tür zuzog. Sie fuhr jetzt langsamer; oder vielleicht bildete ich mir das nur ein.

»Es gibt eine Abmachung. Zwischen den Cops und den Mancinis. Die Gesetzeshüter sehen nicht so genau hin, dafür liefern die Gangster ihnen eine Show, verstehst du?«

Ich musste verneinen. Vielleicht hatte das ganze Adrenalin meine Gehirnzellen gefressen. Doch ihre Stimme hatte das verächtlich Amüsierte verloren. Kate erklärte mir geduldig, dass Mancini immer wieder ein paar Bauernopfer brachte. Leute, die er nicht mehr brauchte oder die in seiner Schuld standen. Die Cops konnten diese armen Schweine bei einem Coup auf frischer Tat einkassieren oder gleich abknallen. Die Zeitungen liebten diese Geschichten, und der Polizeichef wurde gelobt. Im Gegenzug dazu durfte Mancini seine wichtigen Geschäfte ungestört weiterführen. Eine Win-win-Situation für beide Seiten.

»Nur nicht für Leute wie Benji«, murmelte ich erschöpft.

»Oder dich, Quin.«

Mein Mund wurde trocken. Ich war ebenfalls eine austauschbare Schachfigur geworden. Mancini hatte nicht nur Rick aus dem Weg räumen wollen, sondern mich auch den Bullen als Geschenk überlassen. Zwei Fliegen mit einer Klappe.

»Aber wie ist Rick zu euch gekommen? Und wieso?«

Kate fuhr rechts ran. Ich erkannte die Fassade in dem blassen, abgeblätterten Blauton. Dennoch wirkte das Häuschen von Mrs. Burgos gepflegt, die Treppen waren gekehrt, die Fenster geputzt. Im ersten Stock bewegte sich ein Vorhang.

Kate würgte den Motor unsanft ab und drehte sich zu mir. »Ursprünglich ist Rick nicht zu uns gekommen, sondern wir zu ihm. Beziehungsweise ich. Schon vor fast einem Jahr. Zunächst hat er mich abgewimmelt, aber vor Kurzem sagte er, er habe es sich anders überlegt. Er lieferte noch ein paar Informationen, aber dann wurde er umgelegt.«

»Aber ihr habt die Sache mit dem Banküberfall nicht auffliegen lassen?«

»Das war nicht der Plan.«

Pläne von Menschen. Die wären Gottes liebste Klolektüre. Wenn Gott kacken würde.

»Allerdings wollte ich versuchen, den alten Benji aus der Sache rauszuhalten. Ein netter Kerl im Grunde. Deswegen bin ich bei seinem Diner vorbeigekommen, aber es war bereits zu spät. Das war nicht unbedingt mit meinen Bossen abgesprochen, verstehst du? Aber irgendwie dachte ich, dass ich das Rick schulde. Er ist tot, nicht wahr? Benji, meine ich.«

Ich nickte stumm und über ihre Miene huschte eine Mischung aus Traurigkeit und Akzeptanz.

»Und? Willst du mich jetzt auch anwerben?« Ich wollte das Gespräch mit einem Scherz auflockern, aber meine Stimme klang angespannt. Eine seltsame Erregung machte sich bei dem Gedanken in mir breit.

»Nein, keine Sorge. Du warst nie tief genug drinnen, um uns von Nutzen zu sein.«

Sie lächelte. Ein warmes, freundliches Lächeln, das ihr ganzes Aussehen veränderte. Die Härte und Abgeklärtheit war für einen Moment aus ihrer Mimik verschwunden. Ich hätte in dieses Lächeln eintauchen können, wie in einen Swimmingpool voller Scotch.

»Dein Anruf hat mich neugierig gemacht. Das ist alles.«
Ich zuckte mit der Schulter und stutzte. Ja, die Schulter pochte noch, aber ich spürte keine heißen Eisenspitzen mehr in mich eindringen, wenn ich sie bewegte. Eventuell könnte doch noch alles gut werden. Ich rieb meine Handflächen aneinander, doch mir war nicht kalt. Ich hatte nur das Bedürfnis, meine Haut zu spüren.

»Wäre nicht der Staatsanwalt für korrupte Bullen zuständig? Oder ...« Ich überlegte angestrengt; die Hierarchien und Befehlsgewalten des amerikanischen Staatsapparates waren mir nicht allzu geläufig. »Das FBI? Ich hab keinen Schimmer, wer, aber die würden doch selber ermitteln, anstatt Privatdetektive zu engagieren, oder?«

Die Freundlichkeit in ihrer Miene zog sich um eine Nuance zurück. Sie hob eine Augenbraue und deutete ein Kopfschütteln an. »Über Kunden rede ich nicht, Quin. Berufsgeheimnis. Belassen wir's dabei, dass uns jemand engagiert hat, der nicht sehr glücklich über die Abmachung zwischen den Mancinis und den Cops ist und es uns darum geht Beweise zu sammeln. Genug, um dem Ganzen ein für alle Mal ein Ende zu setzen. Das ist ein Marathon, kein Sprint.«

»Also ist es noch nicht vorbei?«
Sie beugte sich näher. Ihr Duft stieg in meine Nase, ich spürte die Wärme ihrer Haut, ohne dass sie mich berührte. Das hier war der Grund dafür, dass ich den Himmel verlassen hatte. Ich wollte riechen, fühlen. Die Nähe eines anderen Lebewesens tatsächlich erleben. Auch wenn das

hier in einer Minute der Vergangenheit angehören würde, ich genoss das Hier und Jetzt.

Ein kleiner Teil von mir – eventuell auch ein großer – hatte gehofft, dass sie mich küssen oder wenigsten umarmen würde. Doch sie griff nur über mich drüber und öffnete die Tür. Als sie etwas Kraft aufwenden musste, um sie ganz aufzudrücken, presste sich ihr Körper auf meinen Oberschenkel.

Kate setzte sich wieder auf den Fahrersitz, und ich wartete noch zwei Atemzüge ab, bevor ich ausstieg. Einerseits wollte ich ihre Gegenwart noch kurz genießen. Meine Chancen, sie wiederzusehen, standen schlecht. Andererseits musste ich meinem Körper in aller Ruhe und mit allem Nachdruck klarmachen, dass wir uns jetzt aus diesem Auto schälen mussten. Trotz Schmerzen und allgemeiner Erschöpfung.

Letztendlich schaffte ich es, mich in Bewegung zu setzen und das Auto zu verlassen. Ich hielt mich an der Tür fest und beugte mich noch einmal hinunter, um mich von ihr zu verabschieden.

»Was wird jetzt aus dir, Quin? Verlässt du die Stadt?«

Ich lächelte müde. »Das wäre wohl das Klügste, nicht wahr?«

Sie nickte ernsthaft, doch gleich darauf breitete sich ein Grinsen auf ihrem Gesicht aus. Ohne den Blick von mir zu nehmen, ließ sie den Motor aufheulen. Ich konnte gerade noch die Tür zuschlagen, bevor sie davonraste. Ihre Hand war zum Gruß erhoben, und ich winkte ihr hinterher, bis das Coupé quietschend um die nächste Ecke verschwand.

KAPITEL 18

Unschlüssig drehte ich mich zu Mrs. Burgos' Haus um. Es lag ruhig und friedlich da; im Moment war keine Bewegung an den Vorhängen zu sehen. Drinnen wartete ein Bett auf mich. Ein Zimmer, in das ich mich zurückziehen konnte. Ich war schon in einigen Schlössern und Herrschaftssitzen gewesen, aber nichts hatte je so verheißungsvoll und majestätisch gewirkt wie dieses Häuschen in diesem Moment. Meine Vermieterin hatte mir zu verstehen gegeben, dass ich willkommen sei. Dass ich bei ihr Zuflucht finden könnte.

Vor ein paar Tagen hatte sie noch ein respektables, einfaches Leben geführt, und mit einem Mal standen Gangster und Cops vor ihrem Haus. Alles nur wegen mir. Sollte ich ihr jetzt noch die Bettlaken vollbluten und sie mit der Angst zurücklassen, dass jederzeit jemand kommen könnte, um mich zu holen?

Das Gespräch mit Kate und vor allem die nervenaufreibende Autofahrt hatten mich von meinen Wunden abgelenkt. Aber jetzt hatte ich das Gefühl, dass eine Horde Soldaten mit Pickelhaube und Sporen Samba in meinem Inneren tanzten. Ich wandte mich stöhnend ab. Vielleicht konnte ich mich in die Straßenschlucht legen, aus der ich nach Paris gereist war. Dort war es kalt, dreckig und ungeschützt, aber ein bisschen Ruhe würde ich schon finden.

Ich war ein paar Schritte von dem Haus weggeschlurft, als ich sie rufen hörte. Meine Vermieterin stand mit in die Hüften gestemmten Händen und einer Zornesfalte zwischen den Augen vor ihrer Haustür.

»Was soll das werden, Kindchen?«

»Ich ...»

»Red keinen Müll und beweg deinen Hintern hierher! Oder muss ich noch länger durch die Nachbarschaft schreien?«

Ihr dunklen Augen funkelten gefährlich, und ich folgte gehorsam ihren Befehlen. Eine Prügelei mit ihr würde ich sicherlich nicht mehr aushalten. Auch wenn ich einen halben Kopf größer war, ich kam mir klein vor, als ich vor ihr stand.

»Ist dir mein Haus auf einmal nicht mehr gut genug?«

»Nein, ich ...«

»Hab ich dir nicht gesagt, dass du jederzeit wiederkommen kannst?«

»Naja, nicht direkt mit den Worten ...»

Sie stampfte mit dem Fuß auf, sodass der Holzboden unter uns wackelte.

»Brauchst du einen Platz zum Schlafen?«

»Nei... Ja.«

»Ist dein Zimmer für die Woche schon bezahlt?«

»Ja.«

»Also rein mit dir!«

Sie trat einen Schritt zur Seite, und ich trottete mit gesenktem Kopf ins Haus. Ich bekam relativ selten eine Standpauke. Besser gesagt: Ich ließ relativ selten zu, dass man mir eine Standpauke hielt. Bei ihr hatte ich nur das Gefühl, dass ich keine andere Wahl hatte.

Ich setzte behäbig meinen Fuß auf die erste Stufe, als sie mich erneut zurückrief. Ich war mir sicher, schon wieder etwas falsch gemacht zu haben, also entschuldigte ich mich vorsichtshalber. Nach einer Sekunde bedankte ich mich auch gleich, da ich das vorher vergessen hatte und es grundsätzlich nie schaden konnte.

Sie schüttelte ungeduldig den Kopf und machte eine vage Geste zu meinem Körper.

»Du bist verletzt.«

Es war eine Feststellung, keine Frage. Dennoch nickte ich kurz mit einem angedeuteten Schulterzucken. »Es ist nicht schlimm, ich brauch nur ein wenig Ruhe.«

Als ich die erste Stufe erklommen hatte, strafte mich mein trügerischer Körper Lügen. Mir wurde schwarz vor Augen, ich schwankte, und meine Finger krampften um den Handlauf. Mrs. Burgos packte mich von hinten – viel kräftiger, als ich es ihr zugetraut hätte. Sie schob sich unter meine Achsel und half mir die Treppen hinauf, bis zu meinem Zimmer und in mein Bett. In dem Nebel, der in meinem schmerzverzerrten Bewusstsein hing, stellte ich mir vor, sie in mein Bett zu ziehen und mich an ihren Brüsten zu trösten. Doch ich hielt mich zurück. War es Menschenkenntnis oder das Wissen, dass sie mir den Arsch aufreißen konnte? Wahrscheinlich etwas von beidem. Vielleicht war ich ja doch klüger, als die meisten annahmen.

Sie öffnete meine Schnürsenkel und stutzte. Mein schlechtes Gewissen setzte ein, bevor ich mir noch klar war, warum. Dann fiel es mir ein.

»Die Schuhe von deinem Mann ...«

»Ex-Mann.«

»Sie sind ... bei meinen alten Sachen. Ich hol sie morgen. Versprochen.«

Sie zog mir die Schuhe aus, stellte sie auf den Boden und beugte sich über mich. »Vielleicht solltest du damit aufhören, Dinge zu versprechen, die du nicht halten kannst, Kleines.«

Die Falten um ihre Augen und ihren Mund sahen aus wie Pinselstriche, die ihr Gesicht perfektionierten. Sie roch nach Lavendel und Eistee, eine Kette mit einem filigranen Kreuz hing um ihren Hals, in ihrem Ohrläppchen steckte eine einzelne Perle. Ich wollte sie so gern berühren, doch sie warf mir einen warnenden Blick zu, als ich meine Hand zu ihrem wunderschönen Antlitz hob.

Sie versuchte, mir das Jackett auszuziehen, doch ich legte meine Hand auf die ihre und schüttelte leicht den Kopf. Seit ich lag, merkte ich, wie mein Bewusstsein immer weiter abdriftete. Sie sah mir in die Augen, die Stirn in Falten und presste die Lippen zusammen.

»Bitte nicht«, sagte ich schwach. Zu mehr war ich nicht mehr in der Lage. Vielleicht würde sie eines Tages meinen unmenschlichen Engelskörper in voller Pracht sehen dürfen. Doch dabei wollte ich bei vollem Bewusstsein sein.

Sie betrachtete mich noch für einige Augenblicke, dann entspannte sich ihre Mimik und sie nickte. Bevor die Welt um mich herum schwarz wurde, spürte ich, wie sie die Decke über mich zog, und hörte das Schließen der Tür.

Wenn Menschen ein Smartphone haben, ein Tablet oder wenigstens eine Uhr mit Datumsanzeige, dann wissen sie, an welchem Tag sie aufwachen. All das hatte ich nicht. Ich versuchte, grundsätzlich keinen Schmuck oder Gebrauchsgegenstände bei mir zu tragen, weil ich nie wissen konnte, wie schnell und wohin ich gerade zeitreisen musste. Mein Mund war trocken, meine Glieder fühlten sich so steif an, wie die einer griechischen Statue. Ich war ausgeruht, aber im ersten Moment orientierungslos. Wo war ich? Wann war ich?

Ich blinzelte ins Licht und richtete mich auf meinen Ellenbogen auf. Das schlichte Zimmer, der Geruch nach

Putzmittel und scharfem Essen, die Bettdecke über meinem bekleideten Körper – all das brachte meine Erinnerungen zurück. Wenn ich nach dem Stand der Sonne ging, war kaum eine Stunde vergangen. Oder ein Tag und eine Stunde? Oder sogar mehr?

Ich setzte mich aufrecht hin und hörte in mich hinein, ob es Anzeichen von Schmerzen gab. Nichts. Meine Muskeln mussten sich nur wieder an Bewegungen erinnern, aber ansonsten tat nichts weh. Mit geschickten Fingern entledigte ich mich meiner Kleidung, noch immer im Bett sitzend, und betrachtete meinen Körper. Kein Kratzer, kein Loch, ein paar gelbliche Verfärbungen erinnerten an mein Blut, aber das war's. Meine Haut war jungfräuliche Perfektion. Ich spürte etwas Kaltes an meinem Oberschenkel und entdeckte zwei Pistolenkugeln. Mit grausiger Faszination ließ ich sie in meiner Handfläche rollen. Das glatte, kühle Metall fühlte sich gut an. Diese zwei kleinen, unscheinbaren Gegenstände hätten mich umbringen können.

»Ihr habt mich nicht gekriegt, ihr kleinen Scheißer.«

Meine Stimme klang kratzig, und ich lachte. Triumphierend, erleichtert und ein wenig ängstlich. Ich war in meiner Zeit auf der Erde schon einige Male dem Tod nur knapp entkommen. Aber diesmal war es anders gewesen. Als ob der Sensenmann ein T-Shirt mit der Aufschrift »Diesmal ist es persönlich!« getragen hätte. Diese beiden Souvenirs würde ich behalten. Als Erinnerung daran, dass ich zu stur bin, um mich einfach umnieten zu lassen.

Neben dem Bett stand ein Tablett mit einem Apfel, einem Brötchen und einem Glas mit trüber Flüssigkeit. Selbstgemachter Eistee, dem Geruch nach. Ich musste lächeln. Die meisten Menschen mochten oder hassten mich auf den ersten Blick. Manche ließen sich etwas Zeit, um mich kennenzulernen, bevor sie sich für eins der beiden entschieden. Aber die Tatsache, dass man meine Herkunft nicht von meiner Sprache oder Hautfarbe ableiten konnte, verwirrte und verärgerte die meisten. Ganz zu schweigen von meinem nicht schubladenkonformen Geschlecht.

Doch irgendwas musste ich in Mrs. Burgos ausgelöst haben. Anscheinend erinnerte ich sie an jemanden, der ihr wichtig war. Von den Menschen in dieser Stadt, die das Vergnügen hatten, mich kennenzulernen, hätte sie am ehesten das Recht dazu gehabt, mich wie Dreck zu behandeln. Nach allem, was ich ihr und ihrem ruhigen Häuschen angetan hatte. Dennoch hatte sie sich dazu entschieden, sich um mich zu kümmern, und das erfüllte mich mit Wärme.

Ich wusch mich, zog mir etwas unwillig meine blutigen, stinkenden Sachen wieder an und griff mir ein wenig Geld. Ich konnte meine Vermieterin nirgends finden, und aus ihrer Wohnung kamen keine Geräusche. Ich hinterließ ihr eine Notiz, in der ich mich bedankte und ihr versprach, die Schuhe ihres Ex-Mannes später wiederzubringen. Doch bevor ich mich zu den Mülltonnen bei meinem alten Appartement begab, hatte ich noch etwas zu erledigen.

KAPITEL 19

»Oggi? Bist du da?«

Ich hatte mir schon gedacht, dass er unterwegs war. Dass er einen Spaziergang machte, einkaufen oder ins Kino gegangen war. Bei genauerem Nachdenken wurde mir klar, dass ich eigentlich keine Ahnung hatte, was Meerschweinchen in Chicago so machten, wenn sie nicht gerade von kleinen Mädchen geknuddelt wurden.

Doch dann raschelte es, und Oggi kam aus einem Karton hervorgetapst.

»Heast, ich hab geschlafen, du G'frast!«, knurrte er. Doch sein Näschen zuckte aufgeregt, und seine glänzenden Knopfaugen verrieten mir, dass er hocherfreut war, mich zu sehen. Ich hockte mich hin und brachte überengelhafte Kräfte auf, um ihn nicht zu streicheln.

»Hätt' nicht damit gerechnet, dich wiederzusehen.« Er furzte, um seine Aussage zu unterstreichen.

»Ich freu mich auch«, erklärte ich lächelnd und kramte in meiner Tasche. »Ich hab hier was für dich.« Ich legte ihm ein halbes Brötchen und einen halben Apfel vor das Näschen.

»Angebissenes Essen? Einfach so auf'm Boden? Für was hältst mich? Einen Barbaren? Einen Sandler?«

»Für beides vermutlich«, erwiderte ich grinsend. »Also, soll ich's wieder einpacken?«

Oggi schnappte nach meinem Finger, als ich hingriff, doch ich zog die Hand rechtzeitig zurück. Mein Vorsatz für den heutigen Tag war, mal nicht zu bluten.

Er versenkte seinen flauschigen Kopf im Brötchen und begann zu futtern. Es war beruhigend, ihn dabei zu beobachten. Die Sonne gab ihr Bestes, Chicago etwas freundlicher erscheinen zu lassen. Die Vögel zwitscherten, Oggi schmatzte hingebungsvoll. Es gab keine Schüsse, keine Sirenen am Horizont. Ich lebte zu lange hier – auf der Erde, nicht nur in Chicago –, um dem Frieden zu trauen. Doch für den Moment war ich entspannt und genoss mein Leben.

Das Meerschweinchen hatte zwischen zwei Bissen etwas gefragt, doch es war mir in meinem Zufriedenheitstaumel entgangen. »Was hast du gesagt?«

Er zog seinen Kopf aus dem Brötchen, Krümel hingen an seinen Ohren und seinen Tasthaaren. »Isses vorbei? Ich nehm' an, du würdest ma net deine Essensabfälle bringen, wennst noch in Gefahr wärst.«

»Essensabfälle? Okay, das nächste Mal lade ich dich zu Steak und Ofenkartoffeln ein!«

»Das nächste Mal?« Er trottete zum Apfel und biss ein riesiges Stück ab. »Heißt das, du bleibst? Da, in dieser Zeit?« Er machte ein Geräusch, das Husten, Keuchen oder Lachen sein konnte. Ich wippte auf den Fersen hin und her, während ich die Frage in meinem Kopf herumrollen ließ. Sie war nicht neu, sie kam nicht überraschend. Im Grunde stellte ich sie mir dauernd, seit Rick ermordet worden war. Ich begann, »Should I stay or should I go?« vor mich hin zu summen, und Oggi knabberte weiter an dem Apfel.

Es hielt mich nichts mehr hier.

In Wahrheit gab es nur traurige Erinnerungen und die Mancinis oder die Cops, die in jeder dunklen Ecke lauern konnten. Es war vollkommen hirnrissig, auch nur in Erwägung zu ziehen, hierzubleiben. Und dennoch, genau das tat ich. Das war der Unterschied zu all den Ländern und all den Zeiten, die ich bisher bereist hatte. Ich hatte nie einen Gedanken oder eine Träne daran verschwendet, wenn es darum ging, zu verschwinden. Meistens war ich sogar erleichtert, war hungrig nach neuen Erfahrungen, Gerüchen und Geschmäckern gewesen. War ein Nomadenwesen, das es nirgends länger aushielt. Doch hier zögerte ich. Es gab keine logische Erklärung dafür, dass mich das Chicago von 1935 in seinen Bann gezogen hatte. Ich fühlte mich hier wohl, ich kannte mich aus. Die Chicagoer waren roh und hart, freundlich und zärtlich, verrückt und verzweifelt. Auf jeden Fall waren sie nicht langweilig.

»Warum haben sie dich aus der Hölle geschmissen?«

Oggi riss den Kopf hoch und legte ihn schief. Sein Fell um den Mund glänzte vor Feuchtigkeit von dem Apfelfleisch.

»Ich weiß, du redest nicht gern darüber, und du musst es mir nicht sagen, wenn du nicht willst. Aber ... es ging mir irgendwie nicht aus dem Kopf.«

Seine rosa Zunge schnellte zweimal hervor. Vielleicht, um den Saft des Apfels fortzulecken, vielleicht, weil er nervös war. Ich wartete geduldig auf seine Antwort.

Schließlich seufzte er und fuhr sich mit seiner Pfote übers Ohr. »Es wird dich schockieren, Oida.«

Ich hob den Kopf, riss die Augen auf und machte ein übertrieben erschüttertes Gesicht. Doch er lachte nicht, wie ich es bezweckt hatte.

»Es wird dich schockieren, weil die G'schicht sehr kurz und sehr fad ist.«

Ich ließ mich auf meinen Hintern plumpsen, verschränkte meine Beine zum Schneidersitz und machte eine einladende Geste.

»Also, ich hab das g'macht, was ich immer g'macht hab – Seelen foltern und quälen. Eine schöne Arbeit, weißt?

Weil man kreativ sein kann und immer was zurückkriegt. Also, Schreie, Gejammer, Betteln und dergleichen. Da weiß ich, ich mach was richtig, und das erfüllt mich mit Zufriedenheit, verstehst?«

Eigentlich wollte ich nicht nicken, aber ich tat es automatisch. Sein Schwärmen vom Malträtieren hilfloser Wesen war zu sehnsüchtig und aufgekratzt, um es zu verurteilen.

»Jedenfalls gab's da eines Tages einen Kerl, also eine Seele. Es hat damit begonnen, dass er mir Tipps gegeben hat, was ich noch probieren könnte. Und die waren echt leiwand, haben mir eine neue Sichtweise auf die ganze Sache gebracht! Auf jeden Fall haben wir dann über andere Sachen geplaudert, über Teufel und die Welt und alles, was uns eingefallen ist. Und mir hat das g'fallen, und ich hab vermutlich mehr Zeit mit ihm verbracht, als ich hätt sollen und letztendlich … hätt ich das nicht dürfen. Das Wort Fraternisierung lag in der Luft und ein Haufen anderer Vorwürfe, die deppat übertrieben waren, auf jeden Fall … ja … So war das. Ich war nimma tragbar für die Hölle.«

Wir beide schwiegen und lauschten dem Rauschen des Windes. Schließlich machte ich ein belustigtes Geräusch in meiner Kehle. Seine Haare stellten sich im Nacken auf. Das war noch kein schlechtes Zeichen. Wäre er wirklich sauer auf mich, würden die Haare an seinem gesamten Körper abstehen.

»Was?«, knurrte er. Ein rötliches Flackern war im Schwarz seiner Augen erkennbar.

»Es ist nur …« Ich sah zum Himmel und grunzte erneut amüsiert. Das war offensichtlich zu viel für ihn. Mit einem Mal sah er wie ein Seeigel aus, sein Blick war feurig, als er brüllte: »Was!? Raus damit, du Krätz'n!«

Ich hob beschwichtigend die Hände und hielt mich gerade noch zurück, ihm zu sagen: »Beruhig dich!« In der gesamten Geschichte der Welten hatte dieser Satz noch niemanden beruhigt.

»Zuerst einmal: Danke, dass du es mir erzählt hast.« Ich beugte ehrerbietig meinen Kopf und fuhr fort: »Ich wollte nur sagen, du wurdest aus der Hölle geworfen, weil du einen Freund gefunden hast. Ich ... Ich finde das schön, weißt du?«

Sein Angriffsmodus veränderte sich nicht, er fletschte die Zähne und war vermutlich eine Millisekunde davon entfernt, mir an die Gurgel zu springen, also beeilte ich mich weiterzureden. »Ich find's nicht schön, dass du aus deinem Zuhause und deinem Job geworfen wurdest. Nur damit wir uns da richtig verstehen. Aber ich find's schön, dass du dich einer neuen Situation geöffnet hast. Dass du rausgefunden hast, wie viel du mit jemandem aus einer anderen Welt gemeinsam hast.«

Oggis Haare senkten sich langsam wieder, aber sein Körper vibrierte immer noch voller Anspannung. Ich versuchte nicht nur meine Gedanken zu ordnen, sondern sie auch so zu formulieren, dass sich ein dämonischer Nager beruhigte.

»Was ich, glaub ich, sagen will: Ich bin nicht nur wegen der Sache mit dem Sex aus dem Himmel geflohen. Also versteh mich nicht falsch, das war schon ein guter Grund. Aber ich wollte Wesen kennenlernen, die anders waren als ich. Wollte lernen, sie zu verstehen und neue Blickwinkel auf die Schöpfung und das Leben bekommen. Die anderen Engel hielten das für ... naja, ich will jetzt nicht Ketzerei sagen, aber es geht in die Richtung, verstehst du? Ich wollte ... mit jemandem reden, der nicht so ist wie ich. Wollte etwas erleben, etwas Neues. Auch wenn ich dabei auf die Schnauze fallen würde! Alles war besser als das sterile, sichere, eintönige Leben dort oben. Weißt du«, ich seufzte und sah Oggi in die mittlerweile schwarzen Augen, »ich bin jetzt nicht der größte Fan von Gott, aber wenn Gott schon so etwas Buntes und Wundervolles wie die Menschen erschaffen hat, warum sollte man da nicht Zeit mit ihnen verbringen wollen?«

Hilflos zuckte ich mit den Schultern und spielte mit meinen Schnürsenkeln. Oggi stieß Luft durch seine Zähne. Der schrille Pfiff ließ mich zusammenzucken. »Jessas!«, lachte er. »Keine Ahnung, was du die letzten Tage g' macht hast, aber du bist echt rührselig geworden!«

Da mir nichts anderes einfiel, nickte ich einfach.

»Warte, die letzten Tage? Wann haben wir uns das letzte Mal gesehen?«

Er widmete sich wieder dem Brötchen, kleine Stücke fielen aus seinem Maul, als er mir antwortete: »Vor drei Tagen. Ich hab echt nimma mit dir gerechnet.«

Diesmal pfiff ich durch meine Zähne, und Oggi warf mir einen argwöhnischen Seitenblick zu, bevor er sich tiefer in sein Essen bohrte.

»Du hast meine Frage nicht beantwortet«, hörte ich ihn aus den Tiefen des Gebäcks sagen. »Willst hierbleiben?«

»Ich hab drauf nicht geantwortet, weil ich's nicht weiß, Oggi. Keine Ahnung. Erst mal ja, schätze ich.«

Die Kälte des Asphalts kroch mir den Hintern entlang, ich stand auf und putzte mir die Hose ab. »Ich muss jetzt noch paar Sachen aus meiner alten Bleibe holen.« Ich winkte ihm zu, und er murmelte zwischen seinen Bissen so was wie: »Schleich di.« Bevor ich auf die Straße trat, drehte ich mich noch einmal um: »Soll ich was mitbringen?«

Sein Kiefer bewegte sich geschäftig, und er schmatzte beeindruckend laut für ein Meerschweinchen, während er antwortete: »Eine Zeitung! Von heute!«

EPILOG

»Na, was sagst du?«

Oggi marschierte in die Mitte des Raumes und drehte sein kleines Köpfchen langsam von links nach rechts.

»Jessas. Des is eine Bruchbude.«

Ich verdrehte die Augen. »Natürlich ist es eine Bruchbude! Was anderes könnte ich mir nicht leisten. Aber warte, sieh mal her!« An der Wand stand ein großer Schrank mit mehreren Aktenschubladen. Ich legte meine Hand auf den oberen Rand und zwinkerte dem Meerschweinchen zu. »Ganz unter uns: Als ich das gesehen habe, musste ich es haben!«

Mit einem Ruck wuchtete ich den Schrank nach vorne, er knallte auf den Boden, und wie durch ein Wunder verwandelte er sich in ein Bett. Ich wollte in die Hände klatschen und auf und ab springen vor Begeisterung, aber ich bemühte mich, vor dem kritischen Nager cool zu bleiben.

Oggi blickte zuerst mich kühl an, dann das Bett und trippelte näher. Er streckte sein rosa Näschen in die Höhe und es begann zu zucken. »Okay, ich rieche: Pisse, Blut, Speibe und noch a paar Sachen, die ich net einordnen kann. Oder will.«

Selbst für meine weniger ausgeprägte Nase war der Geruch der Matratze umwerfend. Das eingetrocknete Farbenspiel darauf war auch nicht verheißungsvoll.

»Ja, okay. Die Matratze sollte ich wohl eher wechseln. Aber sonst ist es perfekt, oder? Tagsüber ein Büro, nachts ein Schlafzimmer!« Ich nickte energisch, um ihn die Signifikanz dieser bahnbrechenden Erfindung näher zu bringen, doch er rülpste nur dröhnend. »Na, geh! Du willst bei deiner Vermieterin ausziehen?«

Meine Euphorie ebbte etwas ab, und ich seufzte tief. »Ich weiß nicht, ob du's mitgekriegt hast, aber ich ziehe Ärger magisch an.«

Oggi lachte trocken und fuhr sich mit der Zunge über seine beiden großen Vorderzähne.

»Und«, fuhr ich ihn ignorierend fort, «ich will ihr nicht dauernd den Ärger ins Haus holen. Wenn ich jetzt als Privatdetektiv arbeite, wird es nicht besser. Ich weiß schon, sie würde das verkraften und jedem eins überziehen, der mir an die Wäsche will. Aber sie hat was Besseres verdient.«

Ich hatte überlegt bei Kate anzuheuern, besser gesagt bei ihren Bossen in der Privatdetektei. Doch mit Autoritätspersonen hatte ich immer schon so meine Schwierigkeiten. Es lag nicht in meiner Natur, Befehle entgegenzunehmen, und Rede und Antwort stehen zu müssen. Nein, lieber mein eigenes Ding durchziehen. Ich würde viel Drecksarbeit machen müssen, um genug Geld zu verdienen. Aber ich schien ein Händchen dafür zu haben, Fälle aufzuklären. Vielleicht würde ich dabei ja noch etwas über Kates ominöse Kunden herausfinden. Wer könnte solches Interesse daran haben, die Abmachung zwischen den Cops und den Mancinis auffliegen zu lassen? Es würde nicht leicht werden. Doch wenigstens hatte ich einen Freund an meiner Seite.

»Oba ... oba du wirst noch zu ihr essen geh'n, oder? Oder?!«

Meine Vermieterin kochte viel und gerne, und seit sie mich ins Herz geschlossen hatte, war ich regelmäßig bei ihr, um mir den Magen vollzuschlagen. Dabei hatte ich jedes Mal ein wenig für Oggi abgezweigt. Jetzt war er süchtig nach puerto-ricanischer Küche.

»Wenn sie mich einlädt, natürlich! Also:«, ich hockte mich hin, um ihm näher zu sein. »Was sagst du?«

Er sah mich an, kratzte sich mit dem Hinterlauf an der Seite und betrachtete den Raum. »Es ist dreckig, feucht, es stinkt, da hinten liegt Rattengacke, das Fenster ist hin, die Tür schließt net richtig, da vorn ist Blut in die Bodendielen gesickert ...«

»Ja, da wurde der Vorbesitzer erschossen«, erläuterte ich lakonisch.

»Ich mein', scheiß mich an, die Einrichtung besteht aus dem wurmstichigen Schreibtisch und diesem verlausten Bett-Schrank-Ding.«

»Ich denke, die Läuse kriegen wir weg, wenn wir die Matratze loswerden.«

Oggi holte Luft und stutzte. Nach einigen Sekunden leerte er seine Lungen und fragte: »Wir?«

»Natürlich. Ich denke, wir stellen dir dein Bett da drüben hin. Untertags, wenn Klienten kommen, verstauen wir's einfach im Aktenschrank. Unter D, wie Dämon.« Ich zwinkerte ihm zu. »Also, was hältst du davon?«

Er schenkt mir das breiteste Meerschweinchen-Grinsen, das ich je gesehen hatte. »Ich find', es passt zu uns!«

Ich holte zwei kleine Karotten aus meinem Jackett, legte ihm eine hin und biss in die andere hinein. »Finde ich auch, mein Freund. Finde ich auch.«

C. N. Stance liebte schon als Kind alte Filme über eiskalte Gangster und ruppige Detektive. Das einzige, das dabei fehlte, war Diversität und eine gute Portion Humor. Mit einem Hauch Fantasy, keiner Angst vorm Genremix und einem Wienerisch sprechenden dämonischen Meerschweinchen, war einige Jahre später der fluchende und saufende Engel Quin in »Engel unter Mordverdacht« geboren.

Besuchen Sie C. N. Stance unter:
www.constanzescheib.at/c-n-stance/